흑백 필름

흑백 필름

인쇄 2014년 7월 15일 | 발행 2014년 7월 20일

지은이 · 손태연
펴낸이 · 한봉숙
펴낸곳 · 푸른사상사
주간 · 맹문재 | 편집 · 지순이 | 교정 · 김소영

등록 제2-2876호
주소 서울시 중구 충무로 29(초동) 아시아미디어타워 502호
대표전화 02) 2268-8706(7) | 팩시밀리 02) 2268-8708
이메일 prun21c@hanmail.net
홈페이지 www.prun21c.com

ISBN 979-11-308-0241-1 03810
값 15,000원

이 도서의 국립중앙도서관 출판시도서목록(CIP)은 서지정보유통지원시스템 홈페이지(http:// seoji.nl.go.kr)와 국가자료공동목록시스템(http://www.nl.go.kr/kolisnet)에서 이용하실 수 있습니다.(CIP제어번호 : CIP2014017818)

푸른사상
산문선
10

흑백 필름

손태연 산문집

/// 작가의 말

오늘날 우린 한 지붕 밑에 3세대가 산다.

짚신 나막신을 신고 식민지를 거쳤던 세대, 고무신을 신고 한국전쟁을 거치며 근대의 산업현장에 동참했던 세대, 현재 운동화 구두를 신고

디지털 문화를 보는 자본주의 세대.

우리는 100년 동안 모두 다섯 켤레의 신발을 신고 살았다.

짚신－나막신－고무신－운동화－구두

이 신발들은 100년 우리 역사에 상징적인 표징이라 아니할 수 없다.

전통 한복을 입었던 시대가 멀지 않은 우리 부모님 세대였다.

이후 양장이 등장하고 신발이 바뀐다.

머리 모양과 의복이 바뀌는 흐름 속엔 거기 역사적 계기의 '방점(傍點)'들이 함께 흐른다.

또한 우리의 의식도 함께 흐른다. 흘러가고 있다.

원시의 자연적 불빛에 의지하던 경복궁 '건청궁'에 최초로 전기가

들어오고, 이후 서울과 인천 사이에 개통됐던 전신주(1885)는 시간이 지나며 이젠 시골 곳곳으로 이어져 불을 밝힌다.

21세기인 현재는 과학기술의 도입으로 많은 전기 에너지가 생산과 문명을 만들어가고 있다.

과학이 만든 원전(핵 에너지)은 그 위험성을 이미 경고받았지만 최근 전기 사용량의 급증으로 에너지 소비에 골머리를 앓고 있는 듯, 정부의 뉴스는 '전력 자제'를 국민들에게 요청하고 있기까지 한다.

짚신과 고무신을 벗은 우리는 이제 생활의 모든 것을 자연적인 것이 아닌 생산적인 과학에 의존하게 되며 '디지털화'되어가는 이런 뉴스의 문명에 살고들 있다. 문명의 진화가 이만큼 온 것이다.

문명－서구 문명과 정치(들)와 함께 엮인 글로벌 시대.

'정보화'로 치환한 이 문화 코드는 스피드하며, 숨 가쁘고 그리고 질주한다.

사회적 시스템이란 프레임 속엔 모두가 경쟁 모드로 돌입 중이다.

젊은이들은 이 '세기'의 기호들을 빠르게 습득하고 경쟁하며 미래의 시간들을 만들어가지만, 스피드에 유연치 못한 세대들은 현 무대 뒤로

쓸쓸히 서 있고 또 사라지고 있다.

21세기!

이 책은 고무신을 신었던 나의 선배들 이야기다.

20세기와 21세기 행간에 슬쩍 끼워넣은 화면이다.

이 글들은 1960년~1970년 초까지 충청도 어느 시골 마을을 무대로 뒀다.

이 글 속엔 댓 명의 고무신 신은 소년들이 몰려다닌다.

이 글은 소설도 아니고 시도 아닌 장르다.

소설적 흐름에 읽기 쉽게 시적 행간을 뒀다.

영상이 보이게 스토리에 집중했다.

무대는 충청도지만 그 시절 우리들 배경은 다들 이러했다.

이 나라 이 땅, 그 역사의 환란 속에 살았던 그 아버지들 그 어머니들이 낳고 기른 모습은 이러했다.

그 속에서 자라는 아이들은 또 이러했다.

이 글은 그 시대를 살았던 나의 선배들께 바친다.

그 시대 그 시간을 살았던 생생한 날들.

거쳐 건강히 걸었을 당신들의 모습.

당신들의 모습은 이제 머리카락이 희끗희끗한 채 현 무대에서 물러선다.

찬란한 현 무대를 후배(후대)들에게 만들어주고 무대 뒤로 떠나는 그 소명의 길에 뜨거운 박수를 보내며,

나는 당신들의 어린 시절 그 시간을 소박한 책으로 묶어 다시 되돌려 선물한다.

우리는 이미 당신들의 시간들로 이 시간을 선물 받을 것이기에.

글을 쓰던 시간은 '흑백' 무대 속에서 그 시절 배경과 아이들이 함께 있어 행복했다.

책 페이지 끝에 부록처럼 고무신을 신었던 존경하는 다섯 분의 글을 초대했고, 강인춘(강춘) 선생님께서 삽화를 그려주셨다.

허술한 이 흑백 필름에 그 시절 '호롱불빛'으로 따뜻하게 글을 밝혀주심에 감사드리며, 오랫동안 지녔던 이 원고를 그 시절 그곳으로 다시 보낼 수 있어 마음이 가볍다.

2014년 초여름
손태연

제1부

제2부

제3부

제4부

제5부

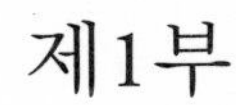

제1부

공포의 왕딱지

돼지 오줌보

쇠똥불에 탄 그 봄

바리깡과 알대가리

구리모 단지

파랑새 담배와 예배당

달빛 속엔 누가?

하얀 눈사람이 꺾여 있는 내 딱지가 둔탁하게 내리칠 때마다
상철이 불룩한 주머니는 점점 풀이 죽는다

봐라? 이게 배꼽치기여어—
봐라 상츨아? 땅치기도 헌다아—?
요번엔 말여, 옆치기여어—

—「공포의 왕딱지」 중

공포의 왕딱지

아이구 이노므 새끼, 손이 이거 머여? 돼지 발목쟁이 같아가지고 오—

무쇠 솥에 끓인 뜨거운 물을 세숫대야에 옮겨와
우물가에 나를 앉힌 어머닌 타박하신다
뜨거운 물에 담궈 불린 손은
겨울바람이 찢어놓은 튼 살과, 덕지덕지 올라 덮은 때 두께보다 더 부풀었다

며칠 전 아랫담 상여 나갈 때 만장을 쥐어 아버지가 얻어온 꺼칠한 삼베는

빨랫비누를 잔뜩 먹고, 무슨 닭똥 묻은 고무신을 닦는 양 벅벅 내 손등을 긁어대고 있다

아아― 아퍼유우― 아프단 말유우―

나는 엉덩이를 뒤로 빼며 어머니 손에 꽉 잡힌 불쌍한 손을 비틀어 뺀다

아프긴 뭐가 아퍼 이눔아― 낮짝 좋게 왜 울어어―!

어머닌 뭉툭한 손으로 내 등짝을 짝, 소리 나게 때렸다

오늘 밤 나는 잠이 안 올 거 같다

오늘 밤 나는 억울하고 슬프다

호야등에 불이 꺼지며, 석유 냄새가 어둠 속에 갇힌 밤

솜이불을 머리끝까지 뒤집어쓰고도 잠은 오지 않는다

비겁한 상철이 고모

왕딱지라니!

나는 여태껏 이쁜 고모를 두어 부럽기만 하던 상철이와

살구씨같이 하얀 얼굴의 상철이 고모를 보았던 시간들을

칠판에 쓴 글씨 모양, 지우개로 싹싹싹― 지워버렸다

시집갈 땐 절대루 안 볼 껴!

⚜

오늘 우리는 상철이네 대문간에서 딱지를 쳤다
내가 얼마나 잘했고 억울한지 대문간에 구경꾼들은 다 봤을 거다
그것들은 그러나 다들 벙어리들이다
망태기, 삽, 절구통, 시렁 위 멍석, 빈 제비집, 거미줄…… 들이니까

나는 오늘 스무 개의 딱지를 들고 비장한 각오로 서 있다
그 녀석도 만만치 않은 딱지를 들고 나왔다
고작 일기장과 2학년 다 쓴 책을 찢어 만든 거와
애들에게 딴 꼬질꼬질한 헌 딱지들이 전부였다

처음에는 큰 딱지로 내 쬐그만 딱지를 따낸다
녀석은 킥킥 좋아라 하며
검은 고리땡 바지 주머니로 딱지들을 하나씩 넣고 있다

바지 허리끈을 질끈 묶었긴 했지만
제 형 걸 물려 입은 바지는 발등을 다 덮어

딱지를 칠 때마다 녀석은 허리춤을 끌어올려야 했고
줄줄 흐르는 누런 코를 더러는 안으로 들이키고 더러는 소매로 닦느라 정신이 없다

내가 비장하게 숨기고 온 겨울방학 책 표지로 만든 딱지는
빳빳하고 믿음직스럽게 용케도 주머니에서 잘 참아내고 있다

나는 여유롭게 녀석의 딱지에 시비만 걸고 있다

상촐아, 글씨 쫌 똑바루 써라, 개발 닭발 같이 글씨 쓰믄 돼야?

녀석의 접은 딱지는 일기장인데
비뚤한 글씨들이 내 딱지를 착착— 때려 제법 발랑발랑 뒤집어놓는다
상철이의 고리땡 주머니가 내 딱지로 불룩해질수록
허리춤은 밑으로 쳐지며 녀석이 뚱그런 배꼽은 쑤욱 드러났다

나는 주머니에서 빳빳한 새 딱지를 꺼내 들었다
자, 이제부터여!

하얀 눈사람이 꺾여 있는 내 딱지가 둔탁하게 내리칠 때마다

상철이 불룩한 주머니는 점점 풀이 죽는다

봐라? 이게 배꼽치기여어—
봐라 상츨아? 땅치기도 헌다아—?
요번엔 말여, 옆치기여어—

순식간에 상철이 주머니는 비어버리고
하얗던 얼굴이 점점 뻘개지더니 급기야는 울음을 터트린다

야이— 똥개가튼 눔아아—!
녀석은 주먹을 날리는 시늉을 하며 주저앉아 버렸다

뭣여— 뭔 일루 우는디이? 상츨아 말혀부아—

살구씨처럼 얼굴이 하얀 상철이 고모다
치맛자락을 올리고 상철이의 콧물을 닦아준 고모는
나를 째려보고는 휙 문간을 넘어간다

쪼끔만 지둘려부아? 내가 왕딱지 접어줄 테니께—

⚜

이걸루 혀봐 상출아!

고모가 내민 건 누런 비료 포대로 만든 커다란 왕딱지였다

나는 순간 숨이 컥- 멎었다
여태까지 보아왔던 딱지 중에 저렇게 큰 딱지는 처음이다
거기다, 얼마나 두껍고 단단하게 만들었는지
탁-! 한 번 내리칠 때마다 내 힘없는 딱지들이
땅 위로 튀어 오르며 가엾게도 발라당 뒤집어지는 게 아닌가
눈사람이 있는 새로운 딱지도 힘없이 뒤집어졌다
거기다 고모는, 상철이가 어깨 힘이 풀릴 때 즈음 끼어들어
검은 치마를 너풀거리며
힘 좋게 팡- 팡 바람을 날리며, 내 딱지를 모두 뒤집어놓고야 말았다

거 부아- 다 따부렀지?

밤이 깊은지 산속에 부엉이가 울고 있다
창호지로 훤한 달빛이 들어와

내 까까머리를 어루만져주고는 있지만
나는 잠들지 못하고 뒤척뒤척 등만 돌린다

어서 봄이 되어
아버지가 비료 포대를 샀으면 좋겠다
조합에 가서 창고에 있는 비료 포대를
다 사버렸으면 참말로 좋겠다

봄이 되면
우리 집 문간 옆 짚단 속에는

내가 딴 상철이 딱지들이
가득 가득 숨겨져 있을 것이니깐…….

돼지 오줌보

검은 돼지 한 마리가 만석이집 마당에서 꽥꽥– 거린다

짚누리 옆 무쇠솥은 허연 김이
대추나무 가지 위로 뭉게뭉게 오르고
힘센 어른들이 비칠거리며 성이 난 돼지 다리를 묶자
어느새 돼지는
거품을 문 검은 주둥이에서 푸푸– 거친 김을 토해낸다

짚누리에서 뽑은 볏짚 세 단은
이미 마당 복판에 노랗게 펴져 있고
윗담 집 아저씨가 솜바지를 털고 나서

성냥곽의 담뱃불을 댕기며 한 말씀 하신다

고 녀석 힘 좋은 거 보니께, 괴기 지름은 많진 않겠구먼—

우리들은 처마 밑에서 다마치기 하는 것도 오늘은 쉬고
곧 먹을 수 있게 될 고기의 들큰한 맛을 기대하느라
돼지의 슬픔 따윈 잊어버렸다

설날이 낼 모레다

펴놓은 볏짚 위로 검은 돼지가 눕고
선지 받을 소래기와 숫돌에 잘 갈아놓은 부엌칼도 놓였다
만석이 아버지 검정 고무신이
노란 볏짚 위로 마악 발을 들여놓을 때
황소 녀석과 나는 묘한 흥분을 감추지 못해 두어 걸음 앞으로 움칠 나섰다
곁에 있던 상철이가 계집애처럼 등을 돌리며 비명처럼 말한다

돼지 멱 따능 겨어—

대추나무 밑에 만석이 어머니가 무쇠솥 뚜껑을 스르렁— 열자

솥 안에 갇혀 있던 김들이 대추나무 가지 위로 한꺼번에 오르다가
더러는 물통으로 건너와 검은 돼지 위로 쏟아져 허옇게 덮였다

터럭 뽑을려 허능 거지?
털 뽑는 걸 보는 건 자신이 있는지 상철이는 쭈그려 앉았지만
어른 셋이 포위한 돼지는 꼬랑지와 뒷다리만 보인 채
우리들의 시야를 그만 덮고 말았다

⚜

이건 느덜 꺼다, 옛다—!

쿨렁쿨렁 보이는 허연 돼지 오줌보가
우리들 앞으로 두퉁— 던져졌다
더운 김이 스멀스멀 나는 걸 만석이는 발로 한번 툭 건드려 보더니
이내 두 손에 들고 얼굴에서 멀찌기 뗀 채, 우물가로 총총총 잰 발을 옮긴다

냄새 안 너게 잘 씻어야혀 만슥아—

상기된 우리들은 시끄러워졌다

알았으니께- 느들은 풍선 불 대나무나 찾아부아-

추워서 코가 빨개진 만석이가 오줌보를 들고 부엌으로 간다
재를 잔뜩 묻히고 밟아야 고약한 냄새가 사라지는 걸
오줌보를 차본 우리들은 너무나 잘 알고 있다

대나무 대롱으로 오줌보를 부풀리는 건 황소가 했다
녀석이 젤로 덩치가 커서도 그랬지만, 여간해서 오줌보는 잘 부풀어지지 않는 거라
지난번 동네 잔칫집 오줌보도 황소 입으로 만들어졌기 때문이다

대나무 대롱이 오줌보에 꽂히고
냄새가 지독한지 얼굴을 찡그리던 황소의 얼굴은 오줌보보다 더 빨리 부풀어서
오히려 황소의 얼굴이 먼저 터질 거 같았다
만석이가 시멘트 포대자루에서 굵은 실을 풀어와 재빠르게 오줌보의 주둥일 묶었을 때
둥그런 오줌보는 이미, 상철이가 뺏어들고 저만치 달음칠치고 있다

우리는 벼끌이 서걱거리는 논에서 놀았다

둔덕 그늘엔 녹지 않은 눈이 더러 희끗희끗하고
싸아한 푸른빛 공기가 뒤덮인 논은
아이들 소리로 이내 가득 퍼졌다

튕겨 오르지도 않고, 차도 멀리 나가지 않는 물컹한 오줌보는
논바닥 안 간 곳 없이 우리들 발길에 이리저리 채이고
서녘 해가
마을 산 정수리에서 긴 빛살을 뻗을 때 즈음
저만치 뚝방길 위로 황소 아버지가 천천히 걸어온다

서너 근 끊은 볏짚 끈에 묶인 고기 덩어리는
늘어진 채 흙바닥에 질질 끌리는 듯 했지만
막걸리를 마시고 기분이 좋은지 딸꾹대며 노래도 부른다

아부지이-
황소가 논두렁 위로 막 달려갈 때
오줌보를 차던 만석이 고무신이
허공 위로
높게 떠올랐다.

쇠똥불에 탄 그 봄

고드름 고드름 고드름 고드름에
햇빛이 달린 처마 밑

봄을 기다리는
울타리 곁 느티나무처럼
열한 살의 우리의 겨울은 지루했다
마당가 시린 우물 물을 바가지로 나눠 마신 뒤
우린 동네 야산을 오르기로 했다

양지 녘의 눈은 녹았지만
작은 소나무가 있는 그늘의 봄은 더딜 것 같다

햇빛이 많은 터를 골라 우리는 모여 앉아
줍고 온 마른 쇠똥에 불을 지폈다

만석이가 켰던 성냥을 주머니에 넣을 때
쇠똥의 끄트머리에서
빨갛고 이쁜 불씨가 번지고
상철이 녀석은
불룩한 주머니에서 고구마를 꺼내놓는다
방에 두었던 씨 고구마를
대여섯 개 몰래 넣고 온 것이다

우린 서로 희미하게 웃으며
언 손을 쇠똥불에 먼저 구웠다

쇠똥불이 달궈지며
불 속의 고구마는 까매지고 있었고
만석이가 소나무 부지깽이로 불 속을 다독일 때마다
바람은 불씨들을 타닥타닥 날렸다
바람은 불씨들을 튀어 오르게도 하고, 날아가게도 했다

날아가다

순간
곁에 있는 마른 풀에 불씨가 번졌다
그리고는 썰물처럼 쏴아아— 불꽃들이 빠져나간다
햇빛 속의 불은 잘 안 보였지만
불이 지나간 풀밭은 벌써 꺼매지고 있다

워떡혀— 워떡혀어—
빨리! 빨리빨리! 어서 꺼— 어서어서어서—!

우린 윗옷을 벗어서 불을 잡느라 허둥대고
한 녀석은 제 옷 대신 솔가지를 꺾어
탁탁— 몇 개의 불을 때려잡았긴 했지만
솔가지에 묻은 불똥은 또 다른 곳으로 튀어나갔다
야! 워떡혀어— 빨리 좀, 빨리 빨리이이—

소나무 끄트머리로
지글지글 연기가 익는다
마른 검불 속에서는
불길이 활활 일어서며
주위의 나무들을 꼴딱꼴딱 삼키고 있다

⚜

산소들이 불에 타고
결국 우리는 고구마를 구우려다 야산을 굽고 말았다

어른들이 달려오지 않았으면 우린 어떻게 됐을까

우린
소 먹이는 짚여물을 야산으로 나르고
부모들도 여물 진 지게를 지고 말없이 오르고 있었다
산소 주인이 짚여물로 산소를 덮으라 했기 때문이다
산소 주인 아주머니는
주저앉아 땅을 치며 통곡을 했다

하이고오− 조상님드을− 참말루 죄송휴유우−
하이고오− 할아배유우− 워쨔우−

아랫담 집 조상님의 까맣게 타버린 산소는
결국, 소가 먹을 짚여물로 따뜻하게 덮여졌고
얼굴이 숯덩이가 된 우리들은
해가 져서야 비칠비칠 산을 내려왔다

그 후

만석이 주머니 속 성냥은 아주 사라지고
어머닌 머리맡에서
도토리 같은 내 머릴 자주 쓰다듬어 주었지만
나는 밤마다 오줌을 쌌다

처마 밑 고드름이 녹은 지 오랜데
야산 위의 봄이 더디 온다고
아무도 우리는
그 봄을 탓하지 못했다.

바리깡과 알대가리

이눔아, 얼릉 오지 못혀엇—!

싫유우— 머리 안 깎유우우—

저노므 새끼가— 공비모냥 더벅머리 허구 댕길껴어—?
대문 밖으로 도망간 나를
어머닌 쫓아와서 잽싸게 옷끄댕이를 잡아당긴다
이노므 짜식이 도망은 워딜, 도망으을—!

볕이 잘 드는 닭장 앞
짚단 하나를 엉덩이에 깔고 앉아 나는 으슬으슬 떨었다

머리 깎는 것도 무섭지만
고드름이 처마 밑으로 녹아 떨어지는 날이다
어머니 손에 든 바리깡이 얼음처럼 차갑게 빛나고
닭장 속 닭들은
얼이 나간 내 얼굴을 비웃는 듯 꼬꼬— 거린다

만석이 갸 머리 봤쟈? 가위로 머릴 짤라 월마나 보기 숭허냐아
내가 맨지르름— 허게 이쁘자앙— 허게 깎아줄 테니께, 움직이지 말구 가만혀라?

넙적하게 편 비료 포대 종이가 내 어깨로 덮이고
바리깡이 철커덕 컬커덕 움직이기 시작했다

머리카락 안 들어가게 푸대 꼬옥 잡구 있어야 혀?

어제 본 만석이 머리는 우스꽝스러웠다
바리깡이 없어서 가위로 쌍뚱쌍뚱 자른 머리를 보며
우리는 쥐가 뜯어 먹은 거라 깔깔 놀리며 웃었다
그 녀석의 머리에
가위가 지나간 흔적은 영락없이 논두렁의 벼끌 같았다

아아! 아아— 아퍼유우—!

⚜

철크덕 철크덕—

오래된 바리깡이 이가 낡아
내 머리카락을 물었다

느 아부지보구, 날 좀 잘 갈아달라 혀야 되겄네에
지름칠도 좀 혀구…….

뒷머리부터 밀고 올라가던 바리깡과 함께
짚단에 앉았던 내 엉덩이는
물고 있는 바리깡과 함께 쭈욱— 딸려 일어선다
조금만 지둘려엇—!
어머닌 화들짝 일어선 내 머리통을
쿡— 하니 짓눌러 앉힌다

아프대니께유— 아야—!

쇠똥이 머리에 눌러 붙어 그렁겨어—
그러니께 바리깡이 나가질 않는 것여어—

어머닌 준비한 낡은 구두솔로
내 머리의 쇠똥을 벅벅벅 문질러 털었다

눈물이 핑 돌 만큼 따갑고 아팠다
지켜보던 닭장 속 닭들과 눈이 마주쳤지만
나는 일그러진 얼굴을 수습할 길이 없다
아아— 아아아— 아프대니께유우—!

이눔아, 이렇게 니 대가리를 밀어야 이도 괴롭히지 않을껴
조금만 더 참으어—?

사실은 그랬다
간밤에 머릿니 때문에 가려워 긁느라 얼마나 성가셨었나
툇마루 양지에 앉아 어머닌
누이의 단발머리를 참빗으로 빗으며 이를 잡았고
무릎 위로 우리들 머리를 눕힌 채 머릿니를 자주 잡아주곤 했다

머리카락을 사이사이 헤집으며 머리카락에 달라붙은

깨알보다 더 작은 흰 서캐도 뽑아 주곤했다
서캐는 열흘 후 즈음엔
다시 머리통을 괴롭히는 머릿니가 되기 때문이다

친구들의 머리 속에는 검은 쇠똥이 눌러 붙어서
딱정이를 긁은 자리엔 진물까지 눌러 붙었다
우리가 모여 앉아 감자라도 먹는 날이면
검은 파리들은 머리 위로 빙빙 돌며
잔뜩 앉아 그 진물을 빨아 먹곤 했다

내가 아프다 소리 지르건 말건
구두솔로 내 머리 쇠똥을 닥닥닥 긁어대던 어머닌
귀밑머릴 마무리하고 있다
귀밑머리를 바리깡이 물 때는
오줌이 찔끔 날 것처럼 아파서 비명처럼 소리를 더 내질렀다

너무 아프게 하잖유—! 다음부턴 이발소 가서 머리 깎게 해줘유우—
어깨에 걸친 포대자루를 들썩거리며
나는 기어코 누런코를 들이키며 훌쩍훌쩍거린다

느들 대가리가 몇여?
돈이 월만디 그랴아-?
집에서 이렇게 깍으믄 차례를 지둘리지도 않고
멀리 안 걸어가도 되고 월마나 좋와아-
눈물이 그렁그렁한 내 얼굴을 들여다보며
어머닌 웃으며 바리깡을 내려놓았다

이젠 알대가리 됐으니께 씨원- 허겄다!

⚜

무쇠솥에 끓인 더운 물이
대야에 담겨 마당 우물가로 놓였다
엉덩이를 치켜들고 머리를 꺼꾸로 숙인 나를
어머닌 검은 빨랫비누로 치닥치닥 문질러댄다

쇠똥 떼어낸 자리와 바리깡 문지른 자리가 뜨끔뜨끔했지만
나는 더 소리를 지르지 않았다

⚜

어머니 명경 속

나는 까까머리가 되어 있다
만석이 머리보다는 훨씬 나아 보인다
기계충이 있어 머리에 참기름 바른 황소보다도
머릿니 때문
더벅머릴 긁적이는 상철이보다도 더 나아 보여
손으로 민둥 머릴 쓱쓱 쓰다듬어 보는데
마당에서 동생이 우는 소리가 들렸다

안 깎유우—
머리 안 깎는단 말유우—

대문 밖으로 어머니는
바리깡을 들고 뒤쫓고 있다

이눔아아— 얼릉 오지 못혀—!

구리모 단지

성, 왜 그려?

말허지 마, 시방 말헐 기분 아녀 –

딱지 좀 접어줘 서엉

말허지 말라니께에 –?

우리 형 기분이 오늘은 안 좋다

아침 해가 처마 그늘을

마당가 우물 안에 빠트려 놓을 때부터

그 그늘이 기어 나와

댓돌 위 형의 고무신을 신을 때까지

형은 움직이지 않고 내내 툇마루에만 앉아 있다

형의 신발주머니 가득한 다마는
따기도 잃기도 싫은지 오늘은 가득가득 잠잠하다

숟가락 안 들고 머혀냐아? 얼렁 밥 묵어 이눔아야-!

점심 밥상에서 아버진 얼빠진 형을 나무란다
싫유-
싫여? 아침도 벨루 안 묵고 왜 그려어?
뭔 일 있어 그류…….
뭔 일은 뭔 일, 또 서리혔냐?
지난번 동네 할배밭 참외 서리했다가 혼난 적 있는 형이다
아뉴우-!
형은 마침내 속을 털려는지 울음부터 터트린다
사내 녀석이, 밥상 앞에서 울긴 왜 울구 그려어?

구리모 딴지가 읎어져서 그류우- 그래서 그류유-!

형은 깍쟁이다
다마치기를 잘해서 온 동네 다마를 다 따고 들어온다

아니다, 동네 애들이 점방에서 다마를 살 때, 그 다마들은 이미 형의 것인지도 모른다

그러나 형이 딴 다마는 인정이 없어서

만석이 동생이 울음보를 터트려도 절대로 돌려주질 않았고

내 사탕을 형에게 세 번이나 빨게 했는데도, 다마는 한 개도 주지 않았다

그런 형은, 설날에 받은 세뱃돈을 하나도 안 쓰고 숨겨뒀다가

도무지 비밀장소가 불안한지, 어머니가 다 쓴 구리모 곽을 발견하고

그 속에다 돈을 넣어 뒤뜰에 땅을 파고 묻어뒀던 것이다

근디, 그게 읎어졌단 말유우― 훔쳐간 늚은 지가 아는디유―

아버지에게 억울함을 고한 뒤 울음을 멈춘 형은, 입을 앙 다물었다

게 누겨?

지가 그때 땅에다 묻을 때 말유, 본 늚이 있쓔…….

형이 구리모 단지를 묻을 때는 보름 전

이웃에 사는 사촌형이 놀러왔었다
땅에다 구리모 단지를 막 묻고, 흙을 밟고 있을 때다
하마터면, 이 놀라운 비밀을 들킬 뻔했지 않았나
형은, 한 박자 늦게 자신을 발견한 사촌을 경계하진 않았다
이미 구리모 단지는 땅 속에 묻혔으므로

그란디 말유우-?
어제 비가 와서 젖었나 볼라구 아침에 땅을 팠는디유, 읎쓔, 읎단 말유우우-
분명 사촌이 훔쳐간 게 맞유우-

형은 자신의 비밀을 털고 간 그 도둑을
용서치 않으리라 굳게 맘 먹은 듯 보였다

건 아녀, 눈에 안 뵜는디 함부러 그리 말허면 안 뎌어
요새는 쥐새끼들이 말여, 요상허게도 구리모 딴지도 먹는다 허든디…….
아버진 큼큼 기침을 하며 사촌을 쥐로 만들어 살려주는 듯했다

그라믄 쥐약을 놔유 아부지-
나는 형의 돈을 먹은 쥐가 미워서 견딜 수 없었다

⚜

그 일이 있은 후
시간이 지나
형은 모든 걸 잊었는지
다시 신발주머니에 다마를 들고 다녔다

뒷뜰 텃밭은 쓰라린 비밀의 상처를 덮으라며
상추잎이 너풀너풀 잘도 자라고
어머니가 다 쓴 구리모 곽 단지는
또 생겼다

형은 비밀창고를 다시 또 어디론가 옮겼고
내가 차지한 새로운 구리모 곽 단지 속엔
형의 세뱃돈 대신
쥐가 절대로 먹지 않는
초록빛 날개가 달린
예쁜 풍뎅이가 한 마리 살고 있었다.

파랑새 담배와 예배당

우리들은 예배당을 가보기로 했다

크리스마스이브엔 사탕도 주고
늦은 밤 시간을 부릴 수 있으니깐
어쩌면 약간의 죄도 용서해주리라
아멘— 하면 된다고 했으니

개울 건너 예배당에 나는 가본 적이 없다
동산에서 친구들과 놀다 언뜻언뜻 보이는 지붕의 종탑은
늘 거리를 두고 신비로웠다
어스름 속에 울리던 뎅그렁 종소리는

학교길 가다 책보를 놓고
동산에서 땡땡이치던 하루를 두렵게도 만들었는데
아마도 내 친구들도 나처럼 그랬으리라

캄캄한 시골길을 넷이서 걸어간다

석유와 담배를 파는 손 대장 가게엔 불빛이 희미하게 번졌다
6 · 25 때 우익대장을 하던 아저씨다
목에 톱날 자국이 선명해서 우리는 그를 보면 관뚜껑이 제일 먼저 떠오르곤 했다
인민군이 관에다 넣고, 톱으로 목을 자르다 멈춰 생긴 흉터였다니
그래서 턱수염을 길게 길렀으리라

파랑새 담배 주슈—

열한 살 만석이가 우리들에게 걷은 돈으로 용감하게 담배를 산다
느 아부진 잘 계시쟈?

턱수염 손 대장 흉터는 멀리 떨어진 우리에겐 보이지 않았다

⚜

준비한 성냥에 불을 당긴다

까까머리들이 담배 문 입들은 성냥불에 이미 들키고
우리는 깜깜한 길을 걸으며 담배를 폈다
맵고 매운 담배
어질어질한 담배

기침을 쿨럭이며 네 개의 담뱃불이 흔들거리며 간다
까불며 어른 흉내 내어도 어둠이 지켜주던 길
만석이는 담배를 먹어서 즐거워졌는지 노랠 크게 부른다

가련다아— 떠나련다아— 어린 아들 손을 잡고오오—

드문 집 개가 컹컹컹— 짖고
담뱃불 같은 별들이 하늘 가득 어둠에 빛나는
고요한 밤 거룩한 밤
동방박사는 빛나던 별을 따라
예수님이 태어난 마굿간으로 우리처럼 갔으리
우리들은 파랑새를 또 하나씩 나눠 물고 낄낄대며 걷는다 느덜, 워디 가냐?

목소리 하나가 가던 길을 막았을 때
네 개의 담뱃불이 동시에 땅으로 던져졌다
어둠 속에서 만석이 아버지가 노랫소릴 듣고 나타나신 거다
이눔아들, 머리가 새파아란 자슥들이! 헐 짓이 읎어 벌써 담배를 묵어어-!

♰

머리가 새파란 우리들의 파랑새는
다시 만석이 아버지 손으로 날아가버리고
꿀밤을 세 번씩 맞고서야 우리는 예배당으로 다시 갈 수 있었다

개울가 돌은 얼어서 미끄러워
한 녀석이 빠지고 나서야 개울을 나왔다
담이 없는 예배당
화단 장미 가시에 찔리며 넘고
아, 불이 환한 예배당
언제나 동산에서 멀찌기 보던 곳

그러나 사탕은 쉽게 우리 손에 들어오지 않았다
찬송가보다 차라리, 가련다 떠나련다— 를 불렀으면 지루하지 않았을 텐데
개울가에 빠진 녀석은 계속 재채기를 해대고
만석이 녀석은 아버지에게 혼날 걱정으로 얼굴이 굳어
우리가 눈치로 따라 하는 아멘— 도 하지 않고 있다

꾀꼬리 둥지 같은 헌금 주머니가 우리에게 올 땐 얼굴이 화끈했다
파랑새만 안 먹었어도 둥지에 돈은 넣을 수 있었을 텐데

마지막 아멘

우리는 색색의 사탕을 한 웅큼 손에 받을 수 있었다
정말 메리 크리스마스였다

돌아오는 어두운 길
사탕을 볼 가득 물고
빠지지 않게 개울을 건널 때 듣던 예배당 종소리
우리는 다시 까불며 동산에서 만나자 약속을 했다

파랑새를 먹지 않아도

내일 동산에서 보는 예배당은
사탕처럼 달콤한 종소리 넣은 종탑이
우리들 눈동자에 반짝이고 있을 것이니까.

달빛 속엔 누가?

느들 참외 서리허러 갈려?

부채질을 멈춘 만석이가 입을 열었을 때
황소와 나는 동시에 물었다
월루?
쪄으기 웃담집 할아배 밭 말여－
상출이네 고구마밭 지나서 말여?
그 밭 참외 익었을껴……. 갈껴?
그럼, 상출이도 부르자!

조금 전 우물로 등물을 했는데도 몹시 더운 밤이다

여름밤 달빛은 살이 통통 쪄서
동네는 윤기가 잘잘 흘렀다
호야등이 가물가물 창호지로 새는 밤
우리는 만석이 집을 빠져나와 싸리문을 살며시 닫았다

이런 날 뚝방에 가믄 정자 누나 볼 수 있을 것인디…….

황소가 말해놓고 저 혼자 희죽 웃는다
정자 누나가 왜?
상철이 집으로 가는 걸음을 멈춘 만석이가 덤덤히 묻는다

우리 누나가 그라는디…… 정자 누나는 뚝방서 연애헌대에 –
누가 들을 것도 아닌 밤에 황소는 주위를 한번 살피고는 소근거렸다
우리 동네 오는 우체부 아자씨 있잖여? 그 아자씨랑…….

연애라는 소리는, 가슴이 탕탕 뛰며 가슴을 덜렁덜렁하게 하는 거
연애는 어떻게 하는 것인가
총각 처녀들이 사람 안 보이는 곳에 숨어서 얼레리 꼴레리 하는, 그게 연애라는데

그란디 말여? 그 우체부 아자씨는 장개 간 사람이랴아-
정자 누난 시집도 안 갔잖여어- 그럼 그 아자씨헌티 시집 가?
만석이 목소리가 좀 크다 싶었는지, 황소는 얼른 만석이 입을 손으로 막았다
쉬이잇! 아무에게도 말허지 마아? 나두 누나 방서 나는 소릴 들은 거니께에
바부 같은 지지배- 빙신 같은 지지배애- 막 그라믄서, 정자 누나를 혼내키는 소릴 들응겨-

정자 누나가 우체부랑 연애하는 뚝방을 너머에 두고
신작로를 따라 넷이서 걸어간다

노란 달맞이꽃은 달빛을 껴안아 달빛으로
받들은 푸성귀들을 품고 잠잠히 누워 있다
따라 나온 상철이는 겁이 났는지, 걸음 뒤에 종종 따라오며 중얼거린다

들키면 워쩌어- 요번엔 지서로 끌려 갈텐디이-

지난여름에, 언덕 콩밭에 있는 참외를 대낮에 서리하다 들킨 적이 있었던 터라 겁을 먹은 모양이다

그땐 재수가 읎어 그렇치이!

수수밭에 숨어 다행히 들키지 않았던 만석이가 퉁, 뱉었다

어른들 야그는 믿으면 안 되야, 그때도 맹순이 아부지가 그랬자녀—

먹고 싶으면 달라고 허면 줄 껀디, 넝쿨 다 절단내며 뭔 짓여—하며

그 욕심 많은 아자씨가 달란다고 줄 사람여?

혼자 잡혀 혼이 난 상철이는 아직도 그때 일이 껄끄름 했는지

뒤에 쳐져 오면서도 연신 궁싯거리지만

그날 공범이었던 우리들 중 누구 하나 상철이가 혼자 당한 설움에는 모두들 잠잠했다

상츨이 그눔아 오늘 밤 오줌 쌀껴—

상철이에게 미안했던 그 날 우리들은 그렇게 말하지 않았던가

재수 없었던 날을 깡그리 지우고 다시 우리는

참외 서릴 나서고 있는 것이다

⚜

할아배가 지키고 있을껴, 들키믄 수수밭으로 일단 숨고 말여…….

각자 흩어져 집으로 도망쳐야 혀
참외는 들구 가면 안뎌
상출이 느는 망보고 있고 말여
또 만슥이 느는, 원두막 사다릴 치워놔야 혀
그래야, 할아배가 못 내려올 것이니께

설명을 마친 덩치 큰 황소가 씨익 웃었다

할아배는 원두막에서
쑥 모깃불을 피워놓고 자고 있다
찐빵 같은 달이 지붕 위에 지켜 앉았는데
우리들은 몸을 낮추며
드디어 밭으로 기어들었다

참외밭에 들어가니 단내가 훅— 났다
종아리에 긁히는 참외 넝쿨의 신선함

만석이는 재빠르게 앉은걸음으로 기어가, 원두막 사다릴 치우고 돌아왔다

아, 차겁고 단단한 참외

여기 있어, 여기도 있어. 또 여기도…….
익은 건지 쓴 건지 알 수 없는 넝쿨 속을
달빛은 비춰주며 마구마구 일러주고 있다

넝쿨을 밟으며 분질러대고 있을 때
상철이 녀석이 손나팔을 하고 크게 속삭이는 소리가 들렸다

야, 할아배 깼다— 도망가앗— 야, 할아배 깼다니께에—

우리는 참외를 껴안고
키가 큰 수수대 속으로 얼른 기어가 숨었다

그때
할아배가 원두막에서 떨어지는 소리가
어쿠쿠쿠쿠쿠우—

손으로 입을 틀어막고 키득키득 웃는 소리는
수수밭 속에 바람이 들지도 않았는데
술렁술렁거리고
만석이 녀석은 도망치다가 하필
고무신 한 짝을 흘려 울상이다

야이— 내 신 워쪄어어—

⚜

어느새 할아배는 가까이 와 기침을 한다
나와 보슈우— 어쿠쿠— 어쿠쿠쿠—

수수잎 사이로
할아배가 구부정하게 기웃기웃 하며
허리가 아픈지 두 손으로 허리를 짚고
나와 보슈우— 어쿠쿠쿠— 어쿠쿠쿠쿠—

우린 웃음을 못 참고 다시 키득거렸다

원두막 지붕 위에 앉은 찐빵 같은 달은 이미 내려와
참외밭 하나를
통째로 흔들며
출렁 출렁 출렁 우리와 함께 웃고 있다.

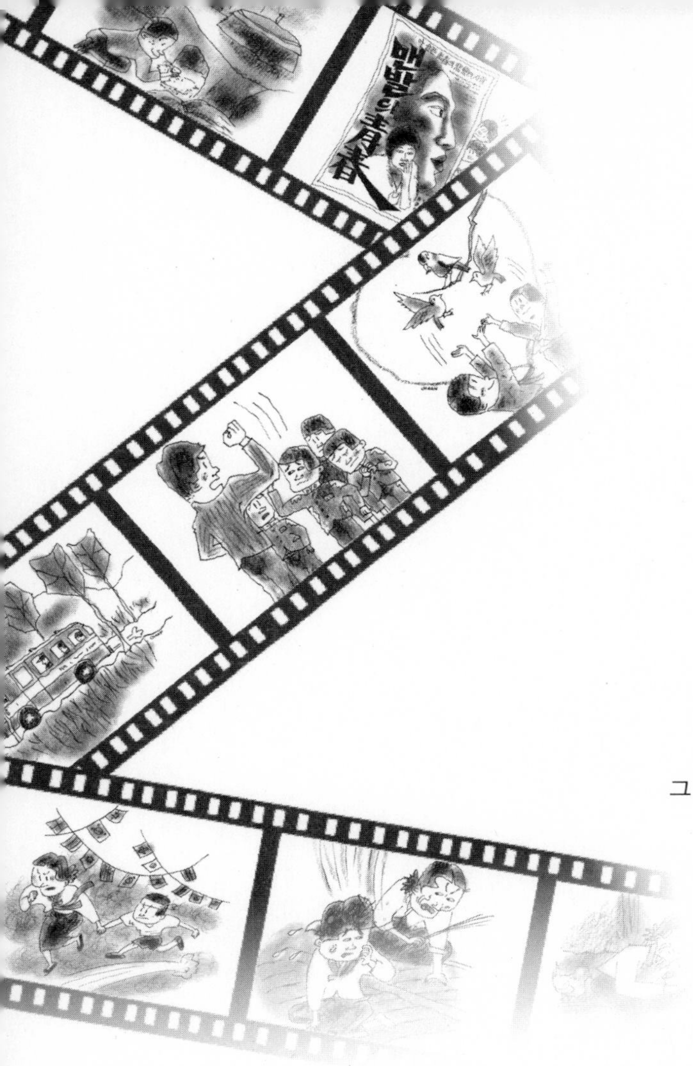

제2부

닭장 속엔 암탉이

반딧불 여름밤

새야 새야

재수 없는 날

삼백육십 원의 꿈

가을 하늘 만국기

그 겨울의 양지(陽地)

콜록 콜록 콜록—
급하게 먹은 하얀 우유가루
입속에서 달게는 녹았지만
서너 웅큼 먹자 이내 목이 메이고
우리들은 캑캑거리다, 서로의 얼굴을 마주 바라보고는
웃음을 못 참고 깔깔깔 웃는다

—「재수 없는 날」 중

닭장 속엔 암탉이

나는 만석이 동생여유
오늘 아침에 말유, 속상해서 많이 울었쓔
내 아이스께끼를 누가 훔쳐갔기 때문유

만석이 성은 훔쳐가지 않았다며
바보라고 나를 놀리기만 했슈
어제 아부지가 사준 아이스께끼를
분명 단스서랍에 감춰뒀는디 말유?

아침에 먹으려고 서랍을 열어보니
누가 먹고, 거기 막대기만 놔뒀기 때문유

성이 핵교 가고 나면 먹으려고 애껴뒀는디유?
성은 짜증만 냈슈

요즘 성은 고추에 병이 나서 기분이 퍽 안 좋긴 해유
성은 옻나무 만진 손으로 고추를 만져서
아부지 고추만큼 커져버렸거든유
잘 때는 성가시게 앓는 소리만 냈슈
그러니 아이스께끼를 안 먹었다 혀도, 봐줄 수밖에유우

⚜

부모님은 콩밭으로 가시고
성은 아부지처럼 커진 고추가 아픈지
어그적 어그적 천천히 걸어서 핵교를 갔슈
나는 혼자 집에서 놀아유
난 일곱 살유

뒤뜰 작은 닭장 속은 닭이 일곱 마리가 있슈
아부지가 지게 지고 나간 아침엔 달걀을 낳츄
나는 햇빛 하얀 마당에서 풍뎅이를 갖고 놀다가
쭈르르 달려가 닭장 앞에 서 있슈

촘촘하게 만든 철망 속에서
닭은 알을 낳으려 해유
가만히 앉아서 엉덩이를 쪼끔쪼끔 움찔거리면
부드럽게 털이 덮인 닭의 엉덩이에서
깨끗하고 이쁜 달걀이 쑤욱— 나오쥬

나는 조그만 철망 구멍 속으로
손을 오므려 겨우 달걀을 잡아봐유

막 낳은 달걀은 아주 따뜻해유
달걀을 손에 쥐고 구멍 밖으로 빼려고 하면?
손은 빠지지가 않유
이상한 일유
달걀을 놓으면 손이 빠지는데
달걀을 쥐면 손이 안 빠져
몇 번을 놓았다 쥐었다 하다가
아예 닭장 문을 열고 들어가쥬

닭들은 놀라서 푸드덕거리며 날지만
고무신에 닭똥을 찐득찐득 묻혀서야
이쁜 달걀을 손에 넣유

마당가로 나와서 닭똥 묻은 신을 흙에다 비비고
부엌으로 나는 막 달려가유

아침 지을 때 남은 불씨는 아직도 아궁이 속에 살아 있는디유
재 속에다 이쁜 달걀을 가만히 묻고
눈물이 나도록 후후— 불씨를 다시 살라유
솔잎도 한 줌 더 아궁이로 넣유

불씨들은 달걀을 잘 궈줘유
펑— 하니 터지기도 하지만
그건 놀랄 일이 아뉴
여러 번 그 소린 들은 적 있으니께유
깨진 채 구워진 달걀은 부풀어져 재가 묻었지만
털어내고 먹으면 정말 정말 맛있슈

만석이 성이 새알을 주슬 때는 이렇게 안 궈유
텃밭에서 대파 잎을 뜯어와서는 새알을 깨트려 대롱 속으로 넣츄
파 속에 넣어서 구워 먹는 새알은 맛은 있지만
그건 알뜰한 짓이 못 돼유
흘리는 게 반이니까 너무 아깝잖유

⚜

이른 아침에 아부지는 언제나 아궁이를 치우쥬
식은 재를 삼태기로 옮겨 담을 때는
언제나 가슴이 철렁 철렁 해유

누가 어제 달걀 궈 묵었냐—?

재 속의 달걀 껍데기는 없앨 수 읎었쓔
나는 말없이 손가락으로 동생을 가리켜유
침을 흘리는 동생은 세 살유
그래도 동생은 억울하지 않나 봐유
침만 흘리고 눈만 꿈뻑꿈뻑할 뿐
울지는 않으니께유

아부진 동생이 귀여워 혼을 내지 않유
빙그레 웃고만 있을 뿐유

나는 안 들킨 게 기분이 좋아져
아버지가 얼른 밭으로 다시 나갔으면 좋겠다 생각해유

닭은 언제나

아부지가 나간 아침에는

따뜻하고 이쁜 달걀을 또 낳으니께유

반딧불 여름밤

친애하는 문화예술을 사랑하고 애호하시는, 면민 여러분 안냐십니까…….

고요한 여름 한낮
시퍼런 푸성귀들이 뙤약볕에 노곤노곤 쳐질 무렵
확성기가 온 마을로 퍼졌다
시냇물처럼 쏟아지는 매미 목청 속으로

기대하시라— 씨네마코오프 한국 영화— 눈물 없인 볼 수 없는 맨발의 처엉춘!

여 가수의 낭창한 목소리를 실은 영화 차는 쿵짝쿵짝— 거리며
뽀얀 먼지를 꽁무니에 거느리고, 신작로를 지나고 있다

야, 영화 들어왔다아—!

우리는 냇가 바위 틈에 손을 넣어 붕어를 잡던 참이다
갓 잡은 펄떡거리는 붕어 아가미를 풀대에다 꿰던 상철이가 먼저 들썩였다

나두 아침에 고모에게 들었는디 말여— 엄앵란이가 나오는 영화라 혔어—
만석이도 잊고 있었다는 듯 목소리를 높였다
면사무소 동네 냇가 있자녀, 거그서 헌댔는디? 인민군 허장강이 나오는 영화였음 좋컷네—

작년 추석 무렵 보았던 영화가 재미있었는지
만석이는 붕어 꿰미를 바위에다 내던지고, 총 쏘는 시늉을 한다
빵빵빵빵빵—

땅 위의 것들을 뜨겁게 살라대던 여름 해는
산 뒤로 넘었다

⚜

칠흑 같은 어둠이 다시 마을을 식히는 저녁

우리는 넷이 모여
콩밭에서 반딧불을 잡아 사이다 병에 채웠다
달 있는 밤 영화를 허지, 왜 이리 캄캄헐 때 허는 것여?
사이다 병 속의 반디들은 겁에 질렸는지
꽁무니의 불을 끈 채 병 속으로 갇혔다

영화비도 읎는디 나는 워쪄?
콩잎 가지 위 반딧불을 손끝에 쥐며 만석이는 볼멘소릴 한다
우리 어머닌 너무혀, 나만 영화비 없잖여…….
그때 황소가 만석이 말끝을 챈다

새끼느은? 영화비 주구 영화 보는 사람은 멍청한 겨어
우린 구멍치기 할 것이니께 걱정 말여－
친군디, 느만 빼고 영화 볼 순 읎능겨어－

동네 처녀들이 앞서서 길을 나서고
윗마을 총각들이 뒤에 걸으며 휘이익－ 휘이익－

휘파람으로 처녀들을 희롱하며 걷는 길

병 속의 반디들은
소달구지가 패어놓은 신작로를 희미하게 비춰주고
우리는 고무신이 벗겨질 만큼 걸음을 재촉하였다

⚜

냇가에 이르자 천막의 불이 훤하다

천막의 네 귀퉁이에 매달린 확성기에서 노래가 쿵짝쿵짝 울리고
전구 주변에 눈처럼 날아드는 나방들
영화 주인공 얼굴이 걸린 포스터 쪽 천막의 주둥이는
주변 마을 사람들을 하나씩 삼켰다

우린 워쩌어?

천막 위에는 푸른 영사기 빛만 연기처럼 쏟아지고
웃기는 장면인지 사람들이 한꺼번에 와하하하 웃는 소리
광목 천막 한 장을 사이에 두고, 우리는 입속에 침이 마른다
재밌는 거 나왔나봐아—

그러나 천막은 안쪽으로 무거운 돌을 얹어, 빈틈없이 구멍을 메꾸어놓았다

야 새끼들아, 늬들 저리 안 갓!

보초를 선 남자가 어슬렁거리는 우리를 발견하고는
주먹으로 치는 시늉을 하며 호통을 쳤다

야, 야, 아직은 구멍치기 할 때가 아녀어—
만석이가 우리를 뒤로 끌며 속삭였다
보초가 두 명이라 힘들겄어어…….

천막 네 귀퉁이를 빙빙 돌며
두 명의 남자가 보초를 서고 있다

이러다가 영화 다 끝나믄 워쪄?

전구 불빛이 상철이의 조바심치는 얼굴을 어룽어룽 비춰댈 때
깡패들이 나오는 장면인지 시끌벅적 요란한 소리가 났다
싸움하는 장면인가? 빨랑 봐야는디이—
만석이는 오줌 마려울 때처럼 총총 뛰며 안달이 났다

안 되겄어, 이렇게 허자!

황소가 무언가 결심을 한 듯 우리들 머리를 모아들였다
내가 말여…… 요쪽 천막을 걷을테니께, 느들은 저쪽으로 가—
내가 천막을 걷어 올리믄 말여, 보초들이 나한티 달려올껴
그때, 느들은 모두 한꺼번에 반대쪽에서 들어가믄 될껴어
덩치 큰 황소다운 말이다

야 임마, 그럼 느는 뒈지게 맞을껴어—!
만석이가 걱정스런 듯 황소의 팔을 잡아 흔들지만
황소는 팔을 내치며 흰 이를 드러내며 웃는다

야, 가자!

⚜

황소가 천막을 드디어 걷었나 보다
우리 쪽에 지키던 보초가 후다다닥— 반대쪽으로 뛰어갔다

야— 야— 야— 야!

반대쪽에서 보초들이 소리 질러댈 때
우리는 빠르게 천막 한 귀퉁이를 들어 안으로 몸을 넣었다
천막 속에 앉아 있던 사람 몇이 잠시 우리에게 눈길을 주었지만
그들은 곧 놓친 화면으로 눈을 돌렸다

황소가 걷었을 반대쪽 천막은 이내 닫혀진 채이고
우리는 화면 속에 담배 문 남자를 보면서도 황소가 걱정되어 작게
속삭였다

황소 보초들에게 터지능 거 아녀?
아녀, 도망 갔을껴…….

발전기가 영사기 옆에서 투투투투 돌아가는 소리
상철이 고모가 좋아하는 엄앵란 얼굴에
필름이 낡아 반짝반짝 구멍을 낸다
엉덩이 밑으론 모래밭이 뭉클뭉클 부드럽고
사람들의 얼굴은 화면 속에 넋 나간 얼굴이다

순간
화면이 퍽 – 하니 꺼졌다
발전기 소리도 함께 꺼지며

냇가의 어둠이 한꺼번에 천막 속에 들어왔다

뭐허능겨어--

빨리 혀어-!

얼릉 틀어어- 고물딱지 들구 와서 영화 허능겨어어-!

사람들은 어둠 속에서 수런수런 야유를 하고

들고 온 사이다 병 속 반딧불들은

다시 반짝반짝 앉은 자리 모래밭을 희미하게 비췄다

얼마 후, 불이 반짝 들어오며

신성일 얼굴을 화면에 가득 채울 때였다

야, 나 왔다!

신성일의 커다란 얼굴보다, 백 배 작은 황소 얼굴이다

우리들은 서로 마주 보며 키득키득 웃으며

돌아온 영웅을 위해 틈 사이에 자리를 만들어 황소를 앉혔다

괜찮응겨? 맞지 않았어?

괜찮여 괜찮여. 짜슥들…….

집으로 돌아가는 길

동네 처녀들이 영화 이야길 하며 저만큼 앞서 신작로를 걷고
총각들은 다시 휘이익 휘이익 뒤에서 휘파람을 불며 또 희롱한다

반딧불 병을 흔들며
터덜터덜 흙길을 걸으며 우린 집으로 간다

부엉이가 멀리서 늦은 시간을 알릴 때
별들은
흰 천막 위 구멍 난 필름처럼
우리들 머리 위에서
반짝반짝반짝반짝

빛났다

새야 새야

아얏, 아얏!

밤나무를 오르는 만석이 머리통을
꾀꼬리 두 마리가 공격하고 있다
쌩쌩 가로지르며 푸닥푸닥— 날개로 치며
나무에서 만석이를 떨어트릴 기세다

매미채같이 늘어진 꾀꼬리 둥지는
나뭇가지 사이에 금방 손이 닿을락 매달렸지만
어미 새들은 꺄악— 꺄악— 소리를 지르며
새끼가 든 둥지를 쉽게 내어주지 않을 듯하다

나무에 매달린 만석이 몸은 힘이 풀리는지
한쪽 발이 스스 미끌어지고
그래도 녀석은, 기어코 둥지가 매달린 나뭇가지를
부지직— 하니 꺾고야 만다

야— 받으어—!
나뭇가지와 함께 새 둥지가 땅바닥에 풀썩— 쏟아졌다

털이 보송보송한 두 마리의 새끼가
둥지 밖으로 튕겨져 나와 꿈지럭거린다

꺄악— 꺄악— 꺄악— 꺄악—
산속이 찢어질 정도
어미 꾀꼬리들은 우리 머리 위에서 야단이고
둥지에다 새끼를 넣은 만석이 얼굴은 땀이 배어 땟국물이 얼룩져 있다

자, 느가 키워…….

⚜

쟈들이 계속 쫓아오는디? 워쩌 만슥아아—?

산비탈을 급히 달음박질쳐 내려오는데
어미 새들이 하늘 위로 비행하며 계속 뒤따르고 있다

숨이 턱에 찰 정도 집에 다 닿긴 했지만
어미 새들은 대문 밖 감나무 꼭대기에 앉아
벌써 집을 알았다는 듯 지켜보고 있다

아이쿠, 뭘 또 갖구 온겨 이눔아아―!

마당 우물가에서 숟가락으로 감자 껍질을 긁던 어머니는
감자 국물이 튀어 허옇게 얼룩진 얼굴로
가슴에 껴안은 새 둥지를 보고 기겁을 한다

또 새 새끼 훔쳐온겨? 아이구 이눔아야― 그럼 죄 받어엇―!

어머니의 야단을 피해 숨어든 뒤란
장독대 옆
우리는 대바구니 속에 둥지를 넣고 감췄다

⚜

새끼들이 배가 고픈가벼…….

다음 날, 만석이가 손가락으로 새끼의 몸을 톡톡 건드리니
녀석들이 목을 길게 빼며 찍찍— 거리며 입을 벌렸다

야, 먹이 잡아다 줘야겄어…….

끝이 두 갈래로 벌어진 나뭇가지를 들고
처마 밑과 대문간 거미줄을 칭칭칭 돌려 감고
우리는 텃밭에 앉은 잠자리를 잡았다
그리고는 잠자리 몸을 잘게 잘게 찢어
새끼들이 벌린 붉은 주둥이로 넣어보았다
그러나 어쩐 일인지 녀석들은, 삼키자마자 주둥이 밖으로 뱉어버린다

잠자리 머리는 못 삼키나부아—
눈깔이 너무 커서 그려…….
아녀, 이렇게 쬐끄만 것도 뱉어내잖여—
잠자리가 맛이 읎어 그란가?

우리는 쪼그려 앉아 궁시렁궁시렁 궁리를 하다가
애벌레를 잡아 먹이기로 했다
그리고 나무껍질과 퇴비 속을 뒤집으며 잡은, 하얀 애벌레를 주둥

이 속으로 넣어주었다

그래도 다 뱉는디 워쪄?

쐐기도, 밥알도, 지렁이도 아무것도 안 먹잖여어…….

⚜

꾀꼬리 새끼들이 죽으면 워쪄지?

이불 속에서 걱정을 하며 어느새 든 잠
그러나 아침이 되자 눈이 번쩍 뜨이며 나도 모르게
꾀꼬리!

이불을 후딱 팽개치고 나와, 신발을 꿰차고 있는데
어느새 어미 새들이 감나무 위에 앉아 있는 게 아닌가
나는 가슴이 조마조마해져서
어미들이 안 보이게 몸을 낮춰 뒤란으로 살금살금 갔다

장독대 옆에 둔 대바구니 속에는
기운이 없는지 소리도 내지 못한 녀석들이, 입만 갸웃갸웃 벌리고

있다
손가락에 물을 적셔 먹여도 보았지만
녀석들은 눈을 감은 채 기운이 없다

만슥아, 아무래도 안 될 거 같텨…….
새끼가 죽어가?
에미처럼 부리로 짓이겨 벌레를 줘야는디, 날 걸로 줘서 그란가?
얌마, 느가 너무 만져 그런 거 아녀어?

⚜

학교를 다녀온 우리는 다시 새 둥지를 살폈다

벌써 새끼들은 시들시들 기운을 잃은 상태다
좋은 수가 읎을까?

우리는 대바구니 뚜껑에다 조그맣게 구멍을 냈다
뚜껑과 바구니를 벌어지지 않게, 새끼줄로 동여매고
둥지가 있었던 야산의 밤나무로 다시 들고 갔다
만석이가 나무를 타고 올라
밤나무 가지 위에다 바구닐 걸어놓았는데

얼마 후, 숲으로 두 마리의 새가 날아왔다

야 야, 에미들이다—
나무 밑에 쪼그려 앉았던 만석이가
갈참나무 뒤로 잽싸게 몸을 숨기며 속삭일 때
새 두 마리가 포르릉— 밤나무로 날아 들었다

어미 새들은 부지런히 들락거리며
대바구니 구멍 속으로 머리 가득 부리를 넣어
교대로 새끼들 먹이를 나르고 있다
야, 야, 이젠 살아나겄다, 놔두고 기냥 내려가자—
새끼들이 살아나믄 그때 와서 들구가믄 될껴!

만석이는 바구니에서 눈을 떼지 못하는 내 등을 떠밀었다

⚜

이틀 동안, 비가 오며 바람이 몹시 불었다

둥지가 떨어졌을지도 몰러…….
나는 텃밭 구석에 있는 토란잎을

제일 큰 걸로 하나 따고, 만석이를 불러냈다

우리는 콩기름 바른 지우산을 같이 쓰고 산을 갔지만
바람은 휘착휘착 우산을 뒤집는다
만석이와 내 등은 이미 다 젖었다
대바구니는 다행히도 떨어지지 않고 바람을 견디고 있다
흔들리니께, 잘 좀 매달아 놔야겄어…….
만석이가 젖은 나무 위로 끙끙 올라갔다

야, 비가 새서 새끼들이 다 젖었쓰어―

나는 준비한 토란잎을 꼿발을 하고 건넸다
이걸루 씌워놔, 만슥아―

⚜

우리는
다시 대바구닐 밤나무에서 내려왔다

새끼들은 다시 생생해졌고
깃털도 그새 수북하게 자라 있다

장독 옆에 둔 바구니 속은
우리가 벌레를 넣지 않아도
따라온 어미 새들이 들락날락 먹이를 나른다

그러나 이상스럽게도 새끼 새들은 다시
비실비실 힘을 잃었다

또 그려? 워쩌…….
다시 밤나무에 걸어둘까?

지켜보던 만석이의 이마에 땀방울이 쪼르르 떨어진다
아녀, 에미들이 오믄 날려주자
나는 지난번에, 산비둘기 새끼에게 콩을 너무 많이 먹여
비둘기 배가 터졌던 걸 생각하며 고개를 저었다

⚜

만석이와 나는 마지막으로
새끼들을 한 마리씩 조심스레 안았다

어미 새들이 돌아와 뒤란 나뭇가지에 앉자

나는 새끼를 감쌌던 두 손을 스르르– 펴며 눈을 감았다
간지럽히던 발톱이, 온기가 두 손에서 빠져 나갔다
어미 새들이 새끼를 부르는 소리

눈을 뜨니
빛 속에서
앵두나무 가지가 흔들리다가, 참죽나무 가지가
복숭아나무 가지가
흔들리다
멈췄다

재수 없는 날

집에 돼지 있는 사람 손 들어!

소 있는 사람 손 들어!

논 있는 사람? 밭 있는 사람? 산 있는 사람?

자전거, 라디오 있는 집도 손 들어봐!

강냉이 죽을 타는 아이들은

선생님의 질문에 손을 한 번도 들지 않은 애들이다

서른 명 정도 줄을 서서 죽사발을 받는데

학교를 늦게 다녀 젖가슴이 볼록한 6학년 누나 셋이

무쇠솥의 죽을 바지런히 퍼내주고 있다

학교 사택 마루에서 배급하는 강냉이죽 냄새가
우리의 허기진 배를 더욱 곯게 하는 점심시간

도시락 없는 우리는 운동장 구석에 모여 앉았다

교실 뒤에 창고 있자녀어-
우유가루가 많다는디? 우리 거그 가볼려?

철봉에서 꺼꾸로 몸을 한 바퀴 구른 만석이가 눈을 반짝였다

우유가루?

학교 뒤뜰 창고 앞
그래서 우리는 멈춰 섰다

들어가보자!
문이 잠겼는디? 워찌 들어가아?
창문이 높으니께 못 들어가자녀어-

조그만 높은 창문, 매달린 햇빛도 못 들어가고 반짝반짝 튕겨 나오고 있다

나는 키가 크니께 기냥 들어갈 수 있는디…….
황소는 창문 높이를 재느라 몸을 몇 번 껑충껑충거리더니
이내 엎드려 등을 내준다

야! 빨랑 내 등 타아—

⚜

창고 안 구석에
쌓아놓은 우유가루 포대

무사히 창문을 넘은 우리는
그중, 귀퉁이가 찢긴 종이 포대 하나를 끌어냈다

이건 말여, 미국 사람이 우리나라 사람과 악수하는 거여…….
황소가 포대에 그려진 그림을 보며 아는 체 설명하다가
포대자루 구멍을 힘주어 찢었다
악수한 두 손이 쫘악— 벌어진다

콜록 콜록 콜록—

급하게 먹은 하얀 우유가루
입속에서 달게는 녹았지만
서너 웅큼 먹자 이내 목이 메이고
우리들은 캑캑거리다, 서로의 얼굴을 마주 바라보고는
웃음을 못 참고 깔깔깔 웃는다

흰 가루가 어느새 얼굴을 분칠했고
재채기하다 뱉은 가루가 묻은 검정 학생복은
털어낼수록 손에 묻은 가루를 더 보태어 더 더 허옇게 변한다

목이 메어, 더는 먹을 수 없다 생각한 우리들은
공기가 들어 굳은 덩어리를 하나씩 학생복 주머니에 넣는 것은 좋았는데
어두운 창고 문이 발칵 열렸다

누구얏!

소사 가재우
우리들 공포의 대상 소사 청년 가재우
그가 열쇠로 문을 열고 들어온 거다
우리들은 동시에 오물거리던 입을 닫고

냉기가 휩싸인 창고에 박제된 새처럼 동작을 멈췄다

이 쌔끼들이이, 여길 워찌 들어왔냐 이 쌔끼들이이—?

가재우는, 모든 아이들을 간섭하며 쥐어 패는 소사다
우물가에 물 먹고 물바가지 버렸다고, 싸움한다고, 쳐다봤다고…….
그는 일일히 주먹으로 애들을 쥐어박고 괴롭혀서
그가 오면 우리는 놀다가도
야, 재우 온다 도망가자— 그럴 정도다
하필이면 그에게 우리는 붙잡혔다

야, 느들 이리루 와, 느들은 퇴학시켜 버릴껴 쌔끼들!

그는 우리들의 귀를 잡아당겨 끌고는 교무실로 향한다

아아아아— 갈테니께— 놔유우—
귀를 잡힌 만석이가 게걸음 하며 울상을 짓자
이 도둑노므 쌔끼가 엄살을 혀?
기어코 가재우는 커다란 손바닥으로
만석이 머리통을 탁탁탁— 때리고야 만다

⚜

교무실에 모여 앉은 선생님들은
우유가루에 덮인 우리들 얼굴을 보자
책상을 치며, 목젖을 젖히며, 손뼉을 치며 웃는다
죄지은 우리들은 처마 밑 고드름처럼 허옇게 서 있고
가재우는 뒤에서 어쩌구저쩌구 상황을 일러바치며
다시 우리들 머리를 하나씩 쥐어박을 기세다

우하하하하—
선생님들의 웃음소리는
만석이 얼굴에 매달린 누런 코처럼, 도무지 멈추지 않았다

뽀마드를 머리에 맨지르름하게 바른 다른 학년 선생님은 다가오
더니
들고 있던 책으로 우리들의 머리통을 하나씩 쳤다

이 짜슥들이. 헐 짓이 읎어. 우유가루나. 파 묵냐아?
꼬라지가. 이게. 머여?

모두들 킬킬 웃는데도, 거기 우리 담임 선생님은 웃지도 야단도

안 쳤다

묵묵한 얼굴로, 학교 우물에서 깨끗이 씻고 교실로 들어오라 했을 뿐…….

도르레를 끌어 당겨
두레박 물을 올리는 황소마저 오늘은
덩치답지 않게 풀이 죽은 목소리다
야, 교실에 들어가지 말고오, 기냥 집에 가자아-

우린 민둥머리를 대충 슥슥 감고
물 묻은 손으로 가루를 털어낸다
그래도 검정 학생복은 여전히 허옇고 끈적거렸다
만석이는 두레박 물을 마시다 뿜어댄다

얌마, 집에 가긴 일러어……. 기냥 냇둑에서 조금만 놀다 가아

⚜

책보도 없이 헐렁한 걸음으로
검정 고무신들이 타박타박 걸어가는 냇가
닦아내다 남은 우유가루처럼

달콤하다가 녹아버린 하루
그때
풀을 뜯는 염소가 시야에 들어왔다

그러나 냇둑으로는 오지 말았어야 했다

황소가 뛰어가 염소 등을 타자
염소가 성나서 녀석을 흔들어 넘어트리고
결국 우리들은
염소 뿔과 목을 붙잡아 황소를 염소 위에 앉히는 것까진 좋았는데
염소의 다리가 꺾이며 음메에에에— 우는 바람에
주인이 달려온 것이다

야, 이놈들아—! 느들 누구 집 아들여—? 느 집 가자 이놈들!

노기를 띤 염소 주인은, 우는 염소를 곁에 두고
황소와 만석이 손을 낚아채며 흔들었다

잘못했쓔우— 다신 다신 안 그류유우—
황소는 고개를 푸욱 꺾고는 울던 염소처럼 볼멘소릴 한다

⚜

오늘은 재수가 디게 없는 날여어…….

신작로를 따라 집으로 가며
투덜투덜 돌멩이를 냅다 걷어차는 황소

꼬로록 꼬로록— 빈 뱃속이 야단일 때
그때
다시
우리들은 동공을 반짝이며
길 옆 무밭으로 동시에 뛰었다.

삼백육십 원의 꿈

수학여행 안 갈테니께, 대신 빙아리 열 마리만 사줘유－

밥상 앞에서 어머닐 조르는 아침
다른 애덜은 보내달라 야단인디, 너는 워찌 그러냐아－?
난 가기 싫유, 중핵교에 올라가믄 그때 가믄 되잖유－

오래전부터 병아리를 열 마리 키워, 닭 부자가 되어보고 싶었던 나

수학여행비로 병아릴 열 마리 사서 키우면
하루에 열 개씩 알을 낳고
열흘이면 백 개의 알이 되고

그 알이 부화되어 병아리가 되면……

상상하니 즐거워져 혼자 피식피식 웃던 요즘
그라믄, 나중에 딴 말 읎어야 헌다아?
어머닌 결심이 굳은 내게 병아릴 사주마 허락했다

책보를 툇마루에 집어던진 나
형을 기다리느라 마려운 오줌도 누지 않고
대문간만 들락날락거리고 있던 오후

종이 상자를 든 중학생 형이 드디어
삐약– 거리는 병아리를 안고 들어왔다
보송보송한 부드런 털에 노란 주둥이들이
삐약삐약삐약삐약– 딱 열 마리다

핵교 마치고 읍내 부화장에서 사온 거니께 실헌 거여–
상자를 내려놓는 형의 이마는 땀에 얼룩져 있다

⚜

이거 키워서 알 내고 빙아리 되믄 말여, 너두 한 마리 줄게…….

수학여행비가 없어, 나랑 놀게 된 만석이
녀석은 좁쌀을 쪼아 먹는 병아리를 바라다보며 입이 헤 벌어졌다
진짜여?
공갈 아녀어, 꼭 줄 테니께 너두 키워서 알 내봐!
우리 닭장 속에 닭 있자녀? 그만큼 크게 키울 수 있을껴!

뒤뜰에 키우는 닭은 매일 알을 낳는 닭
만석이 눈 속엔
커다란 닭 한 마리가 벌써 알을 낳고 있는 듯
눈동자가 흥분으로 잠시 흔들렸다

텃밭에 구덩이 파고오— 파리 몰리지 않게 잘 묻어야 헌다아—

자고 나니
죽은 병아리가 벌써, 일곱 마리째
워떡휴유우— 세 마리밖엔 안 남았잖유우—
나는 울상이 된 채 어머니가 건네주는 삽을 힘없이 들었다

난 몰러! 니 빙아리니 니가 알아서 키우는 것여어!

⚜

어느새 마당귀 봉숭아꽃이
상철이 고모가 입술에 바른 구지베니 색으로 핀 아침
작년에 산을 넘어갔던 여름이 다시 또 왔다

장 서기 전에 가야니께, 어여 나설 채비혀라!

사과 상자에 담긴 세 마리 닭을, 물끄러미 바라다보고 있노라니
토방에서 내려온 아버진 나를 재촉한다

알을 부화하여 닭부자가 되고 싶었건만
병아리를 닭으로 키워놓긴 잘했지만
어머니가 키우는 닭장 속의 누런 닭들은
이 녀석들을 편하게 그냥 두질 않았다
저들과 다른 흰 닭이었기 때문이다

어차피 닭장에선 키우지 못하니께, 느가 한번 팔아보거라!

끈 달린 닭 상자를 내 어깨에다 짊어줄 때
세 마리의 닭 무게가 어깨에 실리고, 놀란 닭들이 야단이다

꼬꼬. 꼬꼬꼬꼬꼬꼬고…….

⚜

만석이 아버지와 셋이서 오일장으로 가는 길

닭을 지고 나는 아버지 뒤를 터벅터벅 따라간다
아버진 오일장에서 소 중계 일을 하기 때문에
버스를 타고 가면 좋으련만, 일찍이 가야 되는 장이라
야산을 넘고
논둑 샛길로 부지런히 걸어가야 하는 것이다

느 아들 눔이 있어서 내가 말은 못 허것는디…….
만석이 아버진 기침을 한번 큼큼― 하더니 말을 다시 이었다
거 지난번에 점방 여편네랑 허는 소리 것이 머여?
그 여편네가 농도 잘 받고 그라든디…….
무슨 말 뜻인지
어른들은 앞걸음에서 이야기를 주고받고
내 입에서는 어느새 숨이 헥헥― 쏟아지는 논둑길

어깨는 땀에 젖고 고무신은 풀섶 이슬에 젖어 꿀쩍꿀쩍 시끄럽다

⚜

오일장은 이미 사람들로 북적이고
곡물 가게, 옷 가게, 신발 가게, 대장간을 지나
고무신 때우는 가게 앞에 아버진 나를 세웠다
여그 앉아서 팔아봐라!
닭과 강아지를 파는 아주머니도 있는 난전에
아버진 닭상자를 내 어깨에서 내려주었다

일 보고 올 테니께 여그서 팔고 있어–

닭 사슈– 강아지도 사유우–
옆에 앉은 아주머니는 사람을 잘도 부르는데
쪼그려 앉았지만 나는 용기가 안 났다
가슴이 콩콩 뛰며 얼굴만 빨개질 뿐
지나는 사람들의 바지가랭이나 신만 눈에 들어올 뿐
그저 멍하니 앉아 고개만 숙이고 있을 뿐

못 팔았냐?

낮시간이 되자 아버지가 오셨다

워찌 팔유?

옆 자리 아주머니는 벌써 자리를 털고

고양이 새끼 두 마리를 파는 할머니가 대신 앉았다

이리 줘라!

아버진 닭 상자를 한 손으로 가볍게 들고는 다시 사람들 사이로 사라졌다

⚜

삼백육십 원 받았으니 느 가져라!

금시 닭을 어디에다 넘기고 왔을까

아버진 종이돈 몇 장을 나에게 건네고는

사람들 사이를 비집고 나를 흰 천막이 쳐진 국숫집으로 데리고 갔다

장국 냄새를 맡으니

돈을 주머니에 두둑이 넣으니

나는 아주 뿌듯한 기분이 들어 그제야

움츠렸던 어깨를 털고 나무의자에 털썩 앉았다

수학여행비를 배로 불렸구나 녀석…….

아버진 돈이 든 내 주머니를 툭툭 치며 빙그레 웃는다

⚜

질퍽거리는 버스터미널에
우리 동네로 들어갈 버스가 부르릉 와서 멈췄다
아버진 장에서 산 물건 보따릴 차창을 열고 미리 의자로 휙— 던져 놓고
먼저 타는 사람들 줄 뒤에 여유롭게 서 있다
쇠스랑을 산 만석이 아버지도 어느새 차를 오르고
짐 보따리로 미리 확보한 자리엔 내가 앉았다

사람과 장 보따리로 들썩이는 버스 안
친척을 만나러 온 사람
마을 처녀를 중매하러 온 사람
콩 서 말 판 사람
꿰맨 고무신이 찢어졌다며 고무신 때우러 온 사람
새 물건 나왔나 구경 나온 사람
신은 얼마에 샀냐
참기름 한 병은 얼마에 팔았냐
버스는 오일장 장옥 하나를

다시 옮겨놓은 듯하다

내 손에는
터미널 근처에서 만난 친척 아저씨가 사준
설탕이 잔뜩 묻은 도나쓰가 쥐어져 있고
주머니 속에는
병아릴 여러 마리 살 수 있는 삼백육십 원과
닭 부자가 되고 싶은 꿈이
덜커덩거리는 버스에 실린 채
오일장을 떠나고 있다.

가을 하늘 만국기

만석이는 몇 등 혔슈? 공책이나 탓쓔?

미루나무 아래에 어머니들은 점심을 풀어놓았다

즈 아버질 닮아선가 뜀박질은 잘휴우—
만석이 어머니는 점심이 든 대바구닐 열며
곁에 놓아둔 공책 세 권을 턱짓으로 가리켰다
아이구우— 보니께 일뜽 혔구머언—
어머니는 부러운지 고갤 끄덕이며 만석일 바라보고
만석이는 히죽이다 내 눈과 마주치자 웃던 입을 오므린다

달리다 넘어진 나는
아까쟁끼를 빨갛게 바른 무릎을 세우고 앉아
만석이처럼 공책 못 탄 이유를 은근히 보여주고 있지만
어머닌 좀 전에 내게 했던 사등 타령을, 또 되풀이하고 있다

야는 매번 사등만 휴우―
개 건너 종문이, 갸는 쥐새끼처럼 날래가지구 일등만 허든디 말유우―

그렇지 않아도 아까쟁끼 바른 무릎이 욱신거리는데
어머닌 내 상처에 한 번 더 왕소금을 뿌려놓는다

갸네들은 나보다 두 살 많잖유우―!

그랬다, 나는 키가 커서 학교를 늦게 들어온
두어 살 많은 형 또래 되는 애들과 언제나 한 조가 되었다
그러니, 아무리 기를 쓰고 달려봤자 사등을 할 수밖에
거기다, 이번엔 넘어져 사등 자리마저 내주고 만 게 아닌가

✢

만국기 아래

지워진 하얀 석회선이 다시 그려지고
운동장 주위를 꽉 채웠던 사람들이 나무 밑으로 다들 들어앉았다
벚나무, 플라타너스, 미루나무 아래는
저마다 점심들을 풀어놓느라 북적북적하다

우리가 앉은 자리 미루나무 주변은
어른들과 아이들이 섞여서
바람이 뒤집어놓는 미루나무 이파리처럼 희끗희끗한 움직임으로 수런거렸다
삶은 밤, 울궈놓은 감, 찐빵, 삶은 계란, 시루떡, 망둥어 조림, 실치포, 삶은 통닭……
어머니들이 준비한 점심은
달리기와 응원에 힘을 뺐던 우리들의 허기를 빠르게 끌어당긴다

상출이 동상 저놈아는 근디 왜 저렇게 운대유―?

찐빵을 손에 든 채 계속 훌쩍거리는 상철이 동생
저의 할머니가 잔등을 토닥이며 뭐라 뭐라 달래줘도
온몸을 들썩이며 도통 울음을 멈출 기미가 없다
손잡고 뛰어줄 사람이 읎어 그류우―
할머니는 손자의 누런 콧물을 손으로 훔치더니

애처로운 듯 다시 소매깃으로 눈물을 닦아주며 소리친다
누구- 야랑 달음박질 좀 혀줘유우-

부모님 손잡고 뛰어야 하는 경기
외갓집의 급한 일로 오지 못한 상철이 어머니 대신
할머니가 대신 뛰어야 할 처지인 것이다
아유- 고까짓 때문 울고 있냐? 엉?
내가 뛰어줄 테니께 어여 밥이나 묵어, 일뜽 혀줄 테니께에-
만석이 어머닌 삶은 닭다리 하나를 뜯어내서는
상철이 할머니 손으로 건네고 있다

⚜

수도꼭지를 빨믄 그렇게 허예져?

어머닌 빨간 홍옥을 치맛단으로 문질러 나에게 건네곤
머리에 뽀마드를 바르고 양복까지 뺀지르르 입은, 맞은편에서 밥을 먹던 황소 외삼촌에게 소릴 건넨다

왜요? 땟깔이 좋아 보여요?
그려어어- 서울 물이 좋긴 좋은 모양이여- 수도꼭지 물이 달긴

단 모냥이네에-

그렇쵸오- 여기 우물하곤 확- 틀리죠오-

어따아? 말씨 쫌 부아-? 서울 사람 다 되아부렀구머언-

이쟈 여그 말은 못허고, 서울 수도꼭지 먹은 말만 쏟네에-

서울 자랑이 하고 싶어졌는지 황소 삼촌은

숟가락을 든 채 어깨를 으쓱 한 번 하고는

창경원에 가서 코끼리도 호랑이도 보았노라고, 말 보따릴 풀어놓기 시작했다

연애하는 아가씨가 돈 많은 부잣집 사장 딸인데, 대학생이다

좋은 회사에 취직해서 봉급도 많이 받고 있다

서울 깡패들과 싸움 붙었는데, 한 방에 때려눕혔다

황소 삼촌의 흥미진진한 이야기에 모두들 감탄을 하고 있는 동안

만석이 어머니가 슬그머니 어머니 귀에다 말을 흘린다

저그 다 순전히 거짓말여, 회사는 무신- 짜장면 집에서 이다바 헌대든디?……

⚜

미루나무 정수리에 걸렸던 해가 어느덧 비뚜름 움직이고

다시 운동장 석회선 밖으로 사람들이 빙 둘러섰다

출발 호루라기 소리에 아이들이 달려 나가고
중간 즈음에 놓인 종이를 집어든 아이들은 사람들 속을 비집고 들어간다
양복 입은 아자씨유ㅡ!
양산 든 아주머니유우ㅡ!
수염 있는 할아버지유우ㅡ!

쓰여 있는 것에 맞게 종이를 들고, 어른들 손을 붙들고 뛰는 아이들
운동장 한쪽에선
색동 한복을 입은 여자애들이 다음 차례를 기다리고
우리가 모여 앉은 청군, 백군 쪽은 목이 터져라 응원을 한다
청군 이겨라 와아아아ㅡ
백군 이겨라 와아아아ㅡ
만석이와 나와는 적이 된 하루다

나는 다우다로 기워 만든 청군 띠를 이마에 매고
하얀 티셔츠 등판에는 등사 잉크로 청군이 찍힌 날이다

운동장 가운데에서는 또 시작을 알리는 화약총 소리
마을 아주머니들이 양쪽에서 오재미를 들고
바구니 터트리기를 하고 있을 그때
황소가 우리를 벚나무 아래로 불러 들였다

저눔아들 기 좀 꺾자!

나무 책상을 이어놓은 교단 앞쪽 귀빈 자리에는
우체국장, 면장, 지서장, 동네 유지들이 흰 모자를 쓰고 앉았고
마지막 줄에 이웃 학교 달리기 선수들이, 인솔 교사와 함께 앉았는데
노란 술이 달린 우승기가
올해의 영광을 차지해보라는 듯 위엄스럽게 세워져 있다

작년에는 저눔들 핵교가 우승기를 갖구 갔잖여?

상철이와 만석이는 대표 선수들을 멀찍이 쏘아본다
선생님이 있는디, 워찌 골려줘?
가만히 멀게 눈총을 쏘던 황소가 침을 캭— 뱉는다
그게 문제여, 하, 저 쬐끄만 쥐새끼들, 멍청허게 생긴 눔들…….

⚜

학교 대항을 시작할 때는 운동장 분위기가 고조되었다
호루라기 대신, 화약총을 든 선생님이 출발선을 지키고
바통 이어달리기 대표로 만석이와 황소도 뽑혀 나갔다
네 학교 대표들이 출발선에 서고
청군 백군, 응원하던 아이들은 이젠 모두 하나가 되어 학교를 응원하고 있다

따앙—
바통을 쥔 황소가 처음 선수로 내달린다

운동장 구석구석이 한꺼번에 들썩들썩거리고
발 빠른 아이들이 땅을 튕기며 휘어진 선을 따라
함성과 함께 바통을 빠르게 휘두른다
황소 어머닌 경계선 안으로 들어와
한복 속치마가 다 보이게 펄쩍펄쩍 뛰고
바통들이 다른 선수로 옮겨질 때, 어슷어슷 앞 뒤 차이가 보이면
우리들은 응원을 멈추고 일어났다가
다시 목청 높게 응원을 보냈다

일뜽은 못허겄쓰어－

마지막으로 바통을 받은 만석이가 운동장 반을 돌았을 때

일등을 달리던 다른 학교 선수와의 거리는 조금 벌어졌나 싶더니

골인점으로 두 번째 만석이 발이 들어왔다

⚜

야, 느들 일루 와봐!

변소 뒤로 우승한 학교 아이들을 불러낸 우리들

우승기를 놓친 화풀이를 하기 시작했다

쬐끄만 것들이 겁두 읎이 일등을 혔냐?

황소의 키는 애들이 주눅 들기엔 위협적인 키다

느들 말여, 죽을려 맞을려!

황소가 주먹을 쥐고 쥐어박는 시늉을 하자

우리도 덩달아 앞 녀석들을 하나씩 맡고 눈을 쏘아줬다

여그는 우리 핵교여－ 야, 감자겉이 생긴 눔!

만석이는 이등으로 들어온 것이 억울한지 얼굴에 핏대를 올렸다

감자를 많이 쳐묵었냐? 얼굴은 땡구래－ 가지고, 얼굴이 게 머여?

고개를 푹 숙인 녀석의 빰을 한번 툭－ 툭－ 건드려보는 만석이

다신, 느들 일등 못 먹을껴 쌔끼들!
내년에 보자! 엉? 알았냐 쌔끼들아-?

중학교 뺏지를 달 거면서도
우리들은 대표 선수들에게 화풀이 말이라도 해야 성이 풀렸다

⚜

운동장 장사꾼들이 거의 파장을 하는 오후

신작로로 간 청년들 마라톤이 들어오기를 기다리는 동안
만석이는 볼 가득 힘을 주어, 사온 풍선을 부풀린다
꼬딱지를 산 상철이는 딱지들을 하나씩 떼어 손에 모으고
오징어 다리를 질겅거리는 황소는
땀에 얼룩진 볼을 더욱 실룩거린다

비누를 탔다고, 수건을 탔다고, 자랑하는 어른들
학교 울타리에 올라간 청년들
나무 아래 앉은 노인들
양산을 쓰고, 학교 동산에 멀찌기 구경하는 처녀들
한복 입은 아주머니들

막걸리에 기분이 좋아진 아저씨들

만국기가
서녘 햇살을 받아 서늘해질 무렵
간밤에 어머니가 만들어준 덧버선 속 발은 따갑고
아까쟁끼를 바른 무릎은
갑자기 욱신거린다.

그 겨울의 양지(陽地)

쿵!

대문간으로 발을 들여놓았을 때 가슴이 내려앉았다
마루에 꼿꼿이 앉아 있던 어머니와
눈이 딱 마주쳤기 때문이다

저런 눔은유— 반 쥑여놔야유!
언제 왔는지, 개울 건너 사는 중학생 종길이 사촌 형은
잎사귀를 다듬어 훑은 아카시아 가지를 어머니에게 건네고 나서
너 이제 반은 죽을 거다— 라는 듯 나를 보며 실실 웃었다

너 일루와— 맞을 짓혔지—? 워서 오는 길이냐?

힘이 풀린 팔에서 책보가 스르르 미끌어졌다
핵교에서유…….

핵교에서? 이눔이 이쟈는 에미에게 그짓말까지 혀?
아뉴우— 핵교 갔쓔우—
잠겼던 목에서 애써, 용기 있게 목소릴 꺼내보았지만
토방에 쪼그려 앉은 동생과 눈이 마주쳤을 때
나는 고개를 푸욱— 꺾고야 말았다
자라처럼 목을 움츠린 동생의 겁을 읽어서였다

성이나 된 눔이, 핵교 안 가고 동상하고 산에서 놀으어—?

어머니는 치맛단 사이에 놓았던 두 손을 바르르 움켜쥐며
참았던 목소릴 버럭— 퍼 올렸다

아뉴우— 오늘은 증말루 핵교 갔슈우—
이눔아가 끝까지 그짓말 헐려? 이노므 새끼가아—?
그건 어제 그런 규유우— 오늘은 아니란 말유우—
뭤여? 그럼 어제도 핵교 안 간겨?

윗방에 나를 밀어넣은 어머닌
문고리를 덜거덕— 잠궜다

종길이 형이 만들어다 바친 아카시아 회초리 세 개를 어머닌 모두어 잡고
바람을 가르며 내 등짝을 내리치기 시작했다

이눔아—! 이눔아—! 핵꾈 안 가—? 핵꾈 안 가아—!
쒸윅— 쒸위휙— 허공을 가르며
등과, 엉덩이와, 다리와, 팔과, 안 간 곳 없이
어머니의 노기가 실린 채 아프게 날아오는 회초리

아앗—— 잘못했쓔우— 아악—잘못했쓔우—
어머니이, 다신 안 그럴께유우— 아앗— 아악—!

이노므 새끼가—!
아직까지 입속에 헐 말을 담고 말을 혀? 요눔의 짜슥— 요눔의 자슥!

아 잡겄따아— 고만 좀 혀라아— 아이구 시상에, 아 죽것다아—
문밖에서 종길이 형과 함께 온 할아버지가

문고릴 소리나게 흔들며 말리는 소리가 났지만
어머닌 매를 멈추지 않았다

⚜

회초리가 모두 부러진 후
어머닌 방을 나갔다

나는 푸슬푸슬 몸을 떨며
구석에 있는 고구마 가마니에 간신히 몸을 기댔다
온몸이 뜨겁게 욱신거리며
부르튼 살들이 퉁퉁 벌겋게 부풀어 올랐다
그것들은 흐느끼는 내 울음과 함께
점점 더 고구마 방에서 들썩거리다 잦아들고 있다

어젠 어쩌다 학교를 못 갔다

동네 애들은 언제나 산비탈을 넘어서 지름길로 학교를 오갔다
입김이 허옇게 쏟아지던 늦겨울 아침
아침 해가 서서히 능선을 데워내고 있었지만
조팝꽃이 밥풀떼기처럼 봄날 허옇던 구릉에는

닭을 키우는 집 하나만 봉분처럼 떠 있고
비탈은 일곱 명의 아이들이 걷기엔 좀 지루했다

우리는 시려워진 손을 녹이고 싶어
작은 소나무밭 양지쪽에 앉았다 가기로 했다
일곱 명 아이들이 책보를 곁에 두고 쪼르르 앉은 양지

야, 느들은 가서 솔방울 좀 주워와!
봉구가 동생들에게 이르자
봉구 동생이 개구리처럼 폴짝 먼저 일어났다
알았어 성-

봉구가 쥐불놀이할 때 썼던 성냥을 꺼내
마른 풀 한 줌을 넣고 불을 그었다

삭정이와 솔방울이 벌겋게 달구어지고
쪼그려 앉은 언 몸도 어느새 노곤노곤 달구어졌다
봉구와 만석이는 주머니에서 꼬딱지를 꺼내, 주먹에다 쥐고 따기를 하는데
봉구의 딱지 속은 별이 많이 그려져 있어
만석이 딱지가 줄어들 땐, 만석이 동생도 덩달아 조바심이 나는지

곁에서 자꾸 봉구 딱지를 곁눈질하며 형을 훈수한다
왼쪽 손에 있능 거야 서엉–

담배 맹글어줄께–

꼬딱지를 다 따낸 봉구는, 불을 보자 담배 장난을 하고 싶었는지
공책을 반 찢고는 가랑잎을 잘게 부숴서
돌돌 말고는 나에게 건넸다
종이 끝에 불이 붙자 나는 한 모금 쑥– 빨었다
입속에 가랑잎 가루들이 한꺼번에 들어오며 흙 냄새가 번졌다

우– 퇴퇴퇴퇴–

⚜

워쩌지? 핵교 지각혔어–

따뜻해진 가랑이를 접고 일어나 보니
어느새 해 걸음이 산 위를 다 넘어왔다

가지 말자!

일어섰던 봉구가 털썩 주저앉았다
핵교 안 가도 될껴— 어차피 학년도 끝나는디 뭐……
만석이는 잃은 꼬딱지를 다시 따고 싶었는지
꿈쩍 않고 앉아 솔방울 서너 개를 불 위로 더 던졌다
여그서 공부허자! 그래도 공부는 해야니께…….

봉구가 동생들에게 책보를 풀라고 이른다
느들은 책 펴놓고 공부혀?
산수책에 있는 거 말여, 그거 공부혀—!

어젠 그렇게 산속에서 늦은 오후까지 놀았다

오늘도 애들은 재미가 붙었는지 거기서 놀자고 졸라댔지만
용기가 나지 않은 나는 학교로 혼자 갔다
학교에서는 두고 온 동생이 내내 걱정스러웠던 시간
그런데 일은 이렇게 터지고야 말았다

봉구 어머니가 산에 나무 구하러 갔다가 아이들을 발견한 것이다
산에서 봉구 어머니가 본 것은
솔밭에서 나는 연기였다
겨울 산에 산불이라도 번지는 게 아닌가 걱정하고 들어가 보니

거기 아이들이 모여 앉아 있는 게 아닌가
그 속엔, 봉구와 동생도 같이 껴 있었던 것이다
봉구 어머니 팔팔한 성격으로 보아
동네에서 한바탕 난리를 부렸을 것은 뻔한 일이었다

⚜

안방에서 저녁상을 차리는지
구운 생선 냄새와 그릇이 달그닥거리는 소리
배가 고팠지만 어머니가 부르기 전엔 나갈 수가 없다
그때, 문이 살며시 열리며 동생이 얼굴을 디밀었다
서엉– 밥 묵어어–

고구마 가마니에 기대 앉은 나를 보던 녀석은
저 때문 형이 맞았다는 죄책감 때문인지
풀이 죽은 얼굴로 조그맣게 한 번 더 중얼거린다
서엉– 밥 묵어어…….

이눔아! 뉘게 밥 묵으라능겨어–?

문밖에서 어머닌 동생을 야단친다

그런 소리 혔다가안 느눔까지 못 묵게 헐껴어
얼렁 와서 숟가락 들구 느나 묵어 이눔아-!
저런 노므 새끼는, 핵교도 보내지 말고 밥도 멕이지 말어야 혀!
어여 이리 오지 못혀-!

가슴에서 싸아- 하니 눈물이 올라오는 나는
다시 한 번 고구마 가마니에 기대어 소리 없이 흐느꼈다

안방 누구 하나 다시 와주지 않았고
시끌했던 하루가
호야등의 심지에서 꺼진 밤
나는 비스듬이 이불을 깔고 누워 끙끙 앓었다

다음날
아침 밥상에도 나는 불리지 않았다

자고 나니
몸을 움직일 수 없을 정도 맞은 자리가 칭칭 더 아퍼왔다

저눔아는 핵교 안 보내니께, 느들이나 얼룽 가!
어머니가 형제들을 재촉하는 소리

오줌이 마려웠다
허나, 문을 열고 나갈 용기가 도무지 없는 나는
어머니가 밖으로 나가기를 기다릴 뿐이다

⚜

나는 고구마 방에서 이틀 밤을 혼자 갇혀 지냈다
아무도 없을 때는 부엌에 나가
무쇠 솥단지 숭늉 물 위에 놓여 있는 그릇의 밥을 몰래 조금씩 표시 안 나게 먹었고
고구마 방으로 들어와선 다시 누워 지냈다

그러나 삼 일째 아침엔
몸이 가뿐해져 눈이 일찍 뜨였다

아직 이른 아침
어머니가 부엌에서 밥상을 차리는 소리
나는 우물가에서 걸레를 빨고는 마루를 닦기 시작했다
마루 닦는 것은 매일 내 몫의 일이었는데
건성건성 닦던 다른 날보다 오늘은 더
팔에다 힘을 주고 꼼꼼하게 닦는다

물기가 묻은 마루는 금시 얇은 살얼음이 덮였다

들어와 밥 먹그라!
어머니가 밥상을 들고 들어오며
사흘 만에 나에게 그 한마디로 용서를 한 거 같다
나는 소리 없이 남은 마루를 엉덩일 흔들며 더 힘껏 닦았다

다시 산비탈을 넘고 학교를 간다

동생은 미안해선지, 내 신발주머닐 들고 아이들과 함께 열심히 따라 걷는다
땡땡이치던 소나무 밭은
봄이 곧 올 듯
밝은 양지를 훤케 펼쳐놓아 다시 우리를 유혹하는 듯하지만
동생은 신발주머니를 더 빠르게 흔들고
소나무 밭을 외면한 우리들은
발걸음을 총총 재촉하며 학교를 간다

아침 해가
산길 가득 뿌옇게 들어차고 있다.

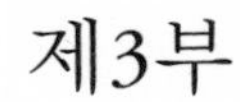

제3부

툇마루 양지에 누이는 머리 빗고

핵교는 왜 가?

징소리의 비밀

진짜표 고무신

나무 도둑들

연애편지

몇 발짝 될랑가?

참빗이 머리카락에서 미끄러져 내려올 때마다

검은 이들이 투둑투둑 떨어졌다

누이의 누런 콧물도 함께 떨어지려다 쑤욱 다시 올라간다

—「툇마루 양지에 누이는 머리 빗고」 중

툇마루 양지에 누이는 머리 빗고

호롱불 심지에다 어머닌

내복을 양손에 펼쳐 들고 미싱 박듯이 쭈르르 들이댔다

티디디디디디딕————————

뒤집은 내복의 겨드랑이에서 팔목까지 실밥 선을 따라

서캐들이 호롱불에 타는 소리가 경쾌하게 들렸다

으이구— 많기두 혀라— 뽑으면 서 말은 되겄따!

호롱불은 이번엔 옆구리 선을 따라서 서캐들을 태웠다

티디디디디디딕————————

타는 냄새가 금시 방 안에 누릿하게 퍼졌다
어머니에게 내복을 홀랑 뺏긴 나는
이불을 모가지까지 덮어쓰고, 천장에 어룽거리는 불빛을 무심히 본다
호롱불 앞에 앉은 어머니의 그림자가
지난번 천막극장에서 보았던 배우들처럼 커다랗게 어룽거린다

긁적긁적긁적—
이불 속의 동생이 잠결에 몸 긁는 소리가
풀 먹인 호청 이불이 바스락 소리와 함께 섞이는 밤

어머니, 야도 이가 많응가 봐유—

⚜

이른 봄 햇빛이 들어 따뜻한 낮은
모두들 툇마루로 나와 앉는다
아직 밭일이 읎어 그렇치, 이눔아들 대가리에 이를 잡다보면, 아침 해가 서녘으로 가버린대니께에—
누이의 머리를 참빗으로 빗겨내리는 어머닌 조금 성가신 투다

누이는 단발머리를 폭 숙이고

펼쳐놓은 누런 비료 포대에 떨어지는 이를 엄지손톱으로 틱틱 눌렀다

그럴 때마다 포대종이 위는, 핏물이 얼룩얼룩 번졌다

바글바글 허구나 으휴—

참빗이 머리카락에서 미끄러져 내려올 때마다

검은 이들이 투둑투둑 떨어졌다

누이의 누런 콧물도 함께 떨어지려다 쑤욱 다시 올라간다

바리깡으로 머릴 밀어서 나는

긁적이는 일은 없다지만

내 동생은 쇠똥 떼어낸 머리에 생긴 물집 때문에

파리가 자꾸 앉아 몹시 성가셔 했다

그러나 내 몸은 자꾸자꾸 가렵긴 하다

이가 스멀스멀 기어다니는 느낌이 와서 내복을 벗어보면

정말 생각한 대로 허연 이가 실밥에서 나오기도 했다

옷에 있는 이는 왜 희어유?

머리에 있능거는 꺼멓잖유—

참빗질을 멈추고, 누이를 무릎에 뉘이고 머리카락을 헤집던 어머닌
눈이 침침한지 양 미간을 모으고 서캐를 뽑고 있다
어머니, 왜 이들은 색깔이 다르네니께유?
누이 머리카락 몇 올이, 쭈욱— 어머니 손가락에 집혀 딸려 올라온다
몰러 이눔아!
귀찮은 듯 소리 지르는 바람에, 누이마저도 짧게 소릴 지른다
아야얏!

가만 있어 이년아아—

머리카락을 쭈욱 빼 올릴 때마다 몸을 비트는 누이
어머니의 커다란 손이 누이 머릴 쿡— 누른다
대가리에 서캐 많이 달고 댕기면, 남들이 숭봐 이년아—
모가지에 이 붙이고 댕기고 싶응겨?
대가리 긁적긁적 맨날 긁는 순덕이처럼?

여자들은 참 나쁠 것 같단 생각이 들었다
누이의 까만 머리카락 속에, 이가 알을 깐다고 생각하니
서캐가 이가 되어 누이 머리 하나를 다 먹어치우면 어쩌나

나는 괜스레 그런 걱정마저 드는 것이다
어머니도 고얀 그 서캐들에게 화가 나는지
머리카락에서 뽑은 서캐들을 모조리 양 엄지 손톱에 끼우고 터트리고 있다

틱– 틱– 틱– 틱–

⚜

마당가 살구나무 빈 가지에 바람이 타고 앉은 낮
통통해진 가지들을 보니 꽃도 금방 볼 수 있겠다

살구나무에 묶인 빨랫줄은
쭈욱– 마당을 가로지르고
그 줄에
아버지의 솜바지와 함께 널린 우리들 내복

그것들은 모두 무쇠솥 양잿물에 삶아서 그런지
햇빛은 가렵지 않은가 보다

오래오래 앉아 하얗게 노곤히 졸고 있다

핵교는 왜 가?

아니, 그럼 쟤를 중핵교에 안 보낸다는규?

군대에서 휴가 나온 둘째 형의 불거진 입속의 밥알이 튀었다
어쩌자구 그리 결정혔슈?
형은 숟가락을 소리 나게 밥상 위로 내려놨다

쟤가 가기 싫대는디 워찌 그랴? 송아지 시 마리 사주믄 핵교 안 간대는디?
어머닌 바닥이 드러나는 그릇의 밥을 숟가락으로 닥닥— 긁어 한 곳으로 모으면서
형의 시선을 외면한 채 말을 이었다

이 많은 농사는 그럼 누가 져? 즈가 농사짓는다 혔으니 잘 되았지 뭘…….

느들이야 어차피 객지로 나가 살꺼구, 젤 션찮은 눔 하나가 재니께,
이 에미랑 농사나 지며 살려 그라는디 워째서어-?
어머닌 숭늉 사발을 형에게 건넸지만
형은 옆으로 휘뚝 돌아 앉아 어머니의 못마땅한 결정에 고개를 절래절래 흔들었다
그래도 글츄우- 고등핵교라도 나와야 면 서기래두 헐 거 아뉴유-!

송아지 세 마리

난 그랬었다
아이들이 중학교를 가는 동안 대신 송아지를 세 마리 키우고 싶었다
벌써 일 년 전에, 내 꿈을 어머닌 수락했다
송아지 세 마리가 새끼를 치고, 새끼가 또 새끼를 새끼를……

내 꿈은 아이들이 고등학교를 나오는 동안
그 학비로, 소를 백 마리 불리고 싶었던 것이다

소 부자가 된 나를 보면 친구들은 엄청 부러워 할 것이란 뿌듯한 상상을 했다

우리 논 가득, 백 마리의 소들과

또 내가 심고 싶은 나무들 하며……

공부도 하지 않고

책보만 끼고 학교를 다니는 둥 마는 둥 온통 이 시간이 오길 기다린 나

그런데 둘째 형이 아차 하면 내 꿈을 뺏어갈 판이다

나는 곁에서 오줌이 마렵고 가슴이 덜렁거려 견딜 수 없었다

입속의 침이 바싹바싹 말랐다

둘째 형의 휴가가 내심 못마땅했지만

어머니의 고집이 형을 눌러주길 은근히 바랬다

⚜

이거 보고 공부혀봐!

읍내를 다녀온 형이 내민 건 전과와 수련장

사내 짜슥이 중핵골 안 가서야 워찌 살어?

딴 맘 품지 말구 이쟈부터 열심히 책 보구 공부혀봐!

세 마리 송아지가 달아나는 순간이다
형의 단호한 결정에 나는 어쩌지도 못하고 얼굴만 붉힌 채
전과와 수련장만 맥없이 바라본다

⚜

이놈아가 뭣땀시 공부를 왼종일 헌대냐―?
어여 손대장 집 가서 지름이나 사오그라!

구들장에 엎드려 공부를 하는 나에게 어머닌 석유병을 건넸다
공부혀야유우―
사회책을 외우고 있었던 참이었다
여태 안 허든 공부를 이쟈 헌다고 혀두, 느는 중핵골 못 가아―
어머닌 내가 중학교를 안 가길 은근히 바라고 있는 듯했다
어여―? 해가 산 너머 도망가기 전에 지름 사오래니께에―!

호야등의 기름이 다 떨어졌다며
결국은 구들장에 엎드린 나를 일어나게 하는 어머니
산서 중핵교에 붙을 자신 있냐? 거그 합격 허므은― 중핵골 가고!
거그 붙을 자신 읎으믄― 아예 갈 생각도 말여?
석유병을 건네는 어머닌 말 끝의 밑둥을 싹뚝 잘랐다

형들이 다녔던 산서 중학교다
읍내에서 우등생들만 뽑혀가는 학교라 들었는데
어머닌 기어코 나를 떨어트릴 속셈인가 보다

⚜

산수와 음악은 책을 봐도 뭔 소린지 머릿속이 깜깜하고
중학교를 포기한 채 공부를 안 했으니 계산이 될 리가 없는 나
이런 나를 담임 선생 앞으로 데리고 간 어머닌
기어코 입학 원서를 산서 중학교로 써달라 했다

여그는유 애 실력으론유, 도무지 안돼유우-

코 끝에 걸린 안경을 손가락으로 치켜 올리며, 담임 선생은 고개를 저었다
그래두, 산서로 너봐유우-
두 손을 공손하게 모으긴 했지만, 어머닌 단호히 입을 닫았다
여그는유, 5등 안에 드는 애들도 힘든 핵교인디, 보나마나 떨어져유우-
우리 애, 떨어져두 괜찮으니께 그 핵교로 너봐유-
선생님은 다시 한 번 어머닐 설득하려다 말고, 결국 원서에다 도

장을 꾹 하니 눌렀다

보나마나 뻔하게 떨어질 산서 중학교

그러나 이상스레 며칠 동안 나는 책을 달달 외우고 있다
송아지 생각은 언제 꿈꾸기나 했을까
형의 단호한 명령을 나는 거역할 수가 없었다
휴가를 마치고 마당을 나가던 형은, 키를 낮춰 내 눈을 들여다보며
느는 꼭 가야 헌다아? 성이 다시 나올 때 그때 느 중핵교 모자 꼭 볼껴?
까까머릴 서너 번 쓱쓱 문질러주면서 그리 말하지 않았던가

⚜

느가 그 쎈 중핵교에 워뜧게 붙었대냐?

결국 나는 운 좋게도, 산서 중학교에 합격을 했다
이 학교에 합격한 내가 조금은 자랑스럽기도 하련만은
어머닌 혼잣말처럼 중얼거렸다

소 키우며…… 농사 지으며…… 곁에 살믄 좋았을 터인디…….

머릿수건을 벗어 치마의 먼지를 탁– 탁– 터는 어머닌
부엌으로 총총 들어가며
어깨죽지의 숨을 푸욱– 하니 꺼지게 내린다

♰

세길이만 빼구유, 다들 중핵꾤 가유 어머니이–
세길이는유, 읍내 중국집 시다로 들어간대유–
황소는 나랑 같은 핵교구유–
만슥이와 상츨이는 딴 핵교예유우–

입학식 날 아침
입고 갈 한복의 동전 깃을
인두로 누르고 있는 어머니 곁에서
형이 입던 교복을 입으며 몹시 흥분이 된 나

소매와 바지가 헐렁하니 길었지만
거울 속의 내 모습은 정말 중학생이 되어 있다
이제 형의 이름표 대신
이 교복엔 내 이름이 달릴 것이란 상상, 그걸 생각하니 즐거워졌지만

어머닌, 내 말에 화답도 없이
묵묵히 인두를 지지던 숯망울이 든 화로를 방구석으로 밀어놓는다

어머니 명경 속에서
내 얼굴이 희죽희죽 웃고 있을 때
내 모습 뒤로 어머니 손이
형이 썼던 모자를 민둥머리 위로 덮어 씌운다
명경 속에 든 어머니의 꺼칠한 손
희죽이던 내 얼굴은, 등 뒤의 나즈막한 소리에
고갤 꺾고 있었다

느도 이쟌 객지로 갈꺼구나…….

징소리의 비밀

아이구 이눔아, 문 좀 잠그그라 만슥아아－
손을 휘두르며 작은 소리로 다그치는 만석이 어머니
이거 알믄 클난다아－

문고릴 잠근 방 안
어두운 밥상 위 양푼에 닭죽이 가득하다
동네 집들 등잔이 꺼진 늦은 밤
다섯 식구가 어두운 밥상에 둘러앉았다

냄새가 밖으로 나가지 않을까 몰러…….

만석이 어머닌 잠긴 문고릴 다시 한 번 확인하고는
서둘러 자리에 앉아 아이들의 숟가락질을 재촉한다
어여 묵어 어여어여…….
어여 뚝딱 묵고 치워야 혀, 어여ㅡ

저녁밥을 참았던 허기에
기름진 닭 냄새가 푸스스 콧속으로 달겨들었다
느들은 절대루 입 다물고 있어야 헌다아?
이거 누가 알게 되믄, 우리 다 지서로 가야능겨…….
느들은 절대루 닭죽을 안 묵응겨어ㅡ?
알겄냐?

양푼 위로 빨라지는 숟가락질
아이들의 짭짭대는 입놀림을 번갈아 보며
만석이 어머닌 다시 한 번 굳게 입막음을 한다

만슥이 아부지…….
아침엘랑 묵었든 이 닭뼈들, 텃밭에 깊숙허게 묻어놔유
아뉴, 아뉴우ㅡ 묵구 나믄, 바로 묻유ㅡ
아직도 가슴이 덜렁덜렁거리는지
만석이 어머닌 한숨을 짧게 짧게 토해내며

뱉어낸 닭뼈들을 밥상 귀퉁이로 모았다

⚜

누렁이가 상철이네 닭을 물고 들어온 건
벌건 대낮이었다
아이들 빨간 내복을 벗겨놓은 만석이 어머닌
툇마루에 앉아 침침한 눈을 비비며
옷섶에 박힌 서캐 알을 샅샅이 뒤지며 뽑아내다 말고
사립문 안으로 총총 들어오던 누렁이와 마주치자
내복을 내던지고 뒤로 화들짝— 엉덩일 내뺐다

아니! 저게 뭣여?

닭을 주둥이에 덥썩 문 누렁이
뒤란으로 쫓아간 만석이 어머니는
누렁이의 머리통을 몇 번 쥐어박으며 윽박지르고 나서야
물고 있던 죽은 닭을 겨우 뺏었다
이노므 개가? 남의 닭을 죽이면 워쩌— 워쩌어—!
피가 밴 닭을 두 손에 받쳐 든 만석이 어머니는 사색이 됐다
워쩌— 워쩌— 이걸 워쩌냐아— 먹을 게 읎어 남의 닭을 죽여?

이노므 개새끼가아-?

상철이네가
굿할 때 쓰려고 오일장에서 사다 놓은 장닭이다
뒤란에 쪼그려 앉은 만석이 어머닌 생각이 복잡해졌다
누렁이가 닭을 죽였으니, 닭 값을 물어내야는지
아니면, 죽은 닭이라도 갖다 줘야 하는지…… 어쩌는지…….
미간의 주름을 실룩거리며, 쭈그려 앉았다, 일어섰다, 안절부절 이다
빈 항아리 속으로 일단 닭을 감춰놓긴 했지만
장닭 값을 치루는 것도 그렇지만
굿에 쓸 닭에 미리 부정이 꼈다고 원망을 들을 생각을 하니
심기가 영 편치가 않은 것이다

결국, 동네가 잠든 늦은 밤 정지에서
닭은 뜨거운 물에 데쳐져 터럭들이 뽑혔다
아궁이에 가득 든 불길이
성질 급하게 활활- 바깥으로 미어져 나올 만큼
닭은 무쇠솥에서 급히 익었다
혹시나 냄새가 새어 나가지 않을까 가슴 둥둥거리며
깊은 밤 정지는 밀봉이 된 듯 문이 꾹 닫힌 채였다

양푼의 닭죽이 바닥까지 긁혔다
양푼에 엎드렸던 머리들이 밥상에서 물러났지만
정작 만석이 어머니의 숟가락은 풀기 없이 반지르르하다
느들은 얼릉 자그라—
빈 양푼에 닭뼈를 쓸어 모으는 만석이 어머니
무쇠솥 뚜껑 같은 두 손이 바르르 떨린다

만슥이 아부지, 삽으로 깊게 땅 파서 잘 묻어유…….

⚜

먼 숭시래유— 닭이 읎어졌쓔우—

다음날 상철이 집
마당 햇빛 속이 소란소란하다

모레가 굿날인디, 이걸 워쩐대— 닭이 하늘로 올랐다면 닭이 아녀—
상철이 어머닌, 마실 온 황소 어머닐 붙잡고 울상이다
동네 길 다 찾아봤슈?
툇마루에 오를 생각 없이 마당귀를 두리번거리며

황소 어머니 또한 침침한 얼굴이다
머리 수건을 풀어 눈가의 진무름을 닦아내며, 상철이 어머닌 풀썩– 하니 툇마루 꺼지게 주저앉는다

다 찾아봤쮸우– 누가 훔쳐갈 리가 있겠쓔우? 나는 당췌…….

♱

만석이 어머닌
괜스레 이불 호청을 뜯어 무쇠솥 가득 눌러 담는다

또 하나의 솥에는 어젯밤 끓였던 닭 대신
쑤어놓은 풀이 풀풀 식어가고
마당가 빨랫줄에는 햇빛이 먼저 널렸다
여느 때 같으면 벌써 담 밖으로 두어 번 발길을 했을 터이지만
마음에 담아놓은 무거움에 눌려
일거리를 애써 만들어놓으며 묶인 발의 핑계를 만드는 것이다
풀도 먹이고, 다듬이질도 하고
빨랫줄에 치렁하게 이불 호청을 내다 널어
잡아먹은 닭의 껄끄러움을
말끔히 헹궈 널고 싶은 것이다

아니 저놈이?

흰 옥양목이 마당 가운데에 펄럭이고 있을 때
만석이 어머닌 비어져 나오는 비명 같은 소리를 손으로 틀어막았다
누렁이가 닭뼈를 하나 물고 대문간 밖으로 나가려는 게 아닌가
이눔아아, 어여, 어여 일루와아– 이눔아, 일루와아–!

주인이 부르는 소리에 누렁이는 어쩔 수 없이 닭뼈를 문 채 가까이 왔다
텃밭에 잘 묻어둔 닭뼈를
누렁이가 파 헤집어 물고 온 것이다
만석이 어머닌 철렁– 내려앉은 가슴으로
닭뼈를 급히 뺏어 움켜쥐고
대문을 닫아걸고 텃밭으로 내달렸다

⚜

징징징징징징징–––––

장대 높이

대나무 잎과 흰 창호지가 펄럭— 솟은 상철이 집

마당 멍석 위에서 굿판이 시작되었다
동네 사람들은 빙 둘러 서서
무당의 현란한 방울 소리에 넋을 놓고
만석이 어머닌 멀찍이 서서
두 손을 공손히 치맛단에 모았다

무당의 칼춤이 시작될 때
그 앞엔 누렁이가 물었던 장닭 대신
두 다리가 묶인 채 꼬꼬거리는
빨간 벼슬이 큰 장닭 한 마리

그날 늦은 오후
빨래 호청이 다 마를 즈음
만석이 어머닌 상철이네 집 대문으로 발을 들였다
우리 누렁이가 닭을 문 거 같튜…….
대신, 그 닭보단 더 실한 거 책임지구 돌려놓을께유…….
그렇게 머리를 조아리고 닭을 돌려놓긴 했지만
만석이 어머닌 굿판에서도
내내 무거운 가슴이 풀리지 않는 것이다

치맛단 위에 놓인 두 손을
저도 모르게 연신 비벼대고 있는 만석이 어머니

징징징징――――

가슴에 눌려 있던 참았던 숨이
징소리 속에 파묻히다가 장대 높이 오를 때다

무당이
장닭을
두 손에 번쩍 높이 올려 들었다

진짜표 고무신

아니, 이 여편네가 시방 뭔 소릴 허능겨어?
그럼, 이 신이 봉구 동상 꺼란 소려?
갸가 몇 문 신는디 그랴? 이건 팔 문, 우리 아 꺼가 맞는디이–
봐! 봐! 봐아– 여그 신 우에 구녕 뚫은 거–
내가 쐬줄을 궈 빵구 낸 것인디– 봐! 봐! 봐!

어머닌 고무신 한 짝을 들고
봉구 어머니 코 앞으로 들이대며 흔들어댔다
워쪄, 이려도 봉기 갸 신여?

고무신 두 짝을 들고

비녀 꽂은 머리를 툴레툴레 흔들며 어머닌, 봉구네 집을 나오고 있다

승질 독한 건 알아봤지만, 웃집에 살믄서 그러믄 안 되재애– 안 되구 말구–
발에 꿰인 고무신이 벗겨질 듯이 휘척휘척 집 앞으로 와서야
뒤를 돌아보며 혼잣소리로 중얼거린다
과부라고, 불쌍허게 생각혔는디……. 신 하나로 에구 참말루…….

동네에서 허튼 소릴 절대로 하지 않는 어머니다
우리들에겐 매운 소리며, 간혹 다그치는 소릴 종종 하드래도
문 밖에선 남의 소리도 안하고, 흉도 보지 않는 심지 굳은 성품이다
웬만해선 손에 있는 거 손해 보드래도, 넘겨줘 버리고 손을 터는 성격인데
오늘 어머닌, 여느 때와는 다르게 봉구 어머닐 몹시 나무란다
요사이 동생이 고무신을 두 번이나 잃어버렸기 때문이다

타이어 그려진 진짜표 고무신을
학교 신발장에서 잃어버리고 동생이 울고 들어온 건
지난 오일장 하루 전이었다

깜장 실로 찢어진 고무신을 꿰매 신었건만
발가락은 자꾸 밖으로 삐져나와서 산길로 학교를 오갈 때는
제 발보다 고무신을 끌고 걷는 편이 맞아 보였다
그런 동생은 어머니를 졸라 새 신을 얻었는데, 그걸 잃어버린 것이다
그런데, 사흘 지나 어제 장날에 어머닌 다시 새 신을 샀다

⚜

표시를 이렇게 허믄, 아무도 느 신을 못 훔쳐갈 것이니께…….

어머닌 새로 산 동생 고무신을 들고
아궁이 속에 달궈진 철사를 꺼내, 고무신 위에다 지져 구멍을 뚫었다
생고무가 파시시시— 연기를 내더니 곧 지글거리던 것이 아물고
두 짝의 고무신에는 조그만 구멍이 났다
이쟌 표시혀 뒷으니께, 이 구녕 난 거 보믄서 느 신 찾아야 혀?
오늘 아침까진 그랬었다

고개를 연신 끄덕끄덕거리던 동생이
다시 울며 맨발로 들어온 늦은 오후

엉- 엉- 신이 읎졌쓔우- 엉-엉-
마당 우물에서 물을 길어 올리던 어머닌
미처 퍼 올리지 않은 두레박 줄을 휑- 하니 놨다
이눔아아- 워째 또오오-!

냇가에서 노는디, 신 신을려 허니께 봉기가 즈꺼래유우-
동생의 우는 소릴 치받으며 어머닌 버럭- 소릴 질렀다
아니, 봉기 신으은-? 갸 신은 워디 있구우우-?

모르겠쓔우- 갸 신에는 피래미 잡아 담아뒀는디-
집에 올려보니께, 신이 하나밖에 읎었슈-
내 껀디, 봉기가 지 꺼래유우-
쐬줄로 구녕 낸 것이 내 신인디이-

⚜

봉구네서 동생의 신발을 찾아왔긴 했지만
댓돌 위에 놓인 꺼먼 진짜표 고무신처럼
어머니의 입도 꺼멓게 묵묵히 닫힌 시간
노을이 불그레 번지는 안방에서
저녁상에 일찍들 둘러 앉아

숟가락 소리를 막 내기 시작할 때다

우리 봉기 신 내놔유—!
어금니로 잘근 말을 씹으며 토방을 오르는 봉구 어머니

신? 워떤 신을 달랭겨?
어머닌 숟가락을 소리 나게 밥상 위에다 놓고
안방 문을 발칵— 열었다
우리 애 신 말유우우—!
봉구 어머닌 이미 툇마루 앞으로 달겨들어 푸르르— 떨었다
내가 과부라고, 그렇게들 허믄 안 되쥬우—!
순간 어머닌, 튕기듯 방을 나가 툇마루 아래 동생 고무신을 낚아
챘다

워쩔껴—?
이 신은 봉기 꺼라 혀고—
또 이 신은 분맹 우리 애 꺼라 혀고—
한 짝씩 신기도 그러 혀고—
워쪄—?

그럴 바에는…….

어머닌 신 한쪽을 입에다 휑— 잡아 물었다
그리고는 어금니가 드러나게 기운을 내어, 고무신을 찢기 시작했다
새 고무신이 신고 싶어 낡은 신을 냇가 바위에다 문지르고 문질러도
여간해서 찢어지지 않은 생고무를 어머닌 발이 들어가면 꿰찰 수 없도록
발가락을 덮는 윗코를 부욱— 찢어버린 것이다
순간, 봉구 어머니가
어머니의 머리카락을 확— 달겨들어 움켜 쥐었다

⚜

지독한 여편네 같으니라구…….

헝클어진 머리카락을 추스리며 어머닌 혼자 명경 앞에서 푸슬푸슬 웃었다
디야지 똥간에 던진 신발까정 들구 가? 오장 빠진 여편네 같으니라구…….

머리카락을 붙잡고 쥐어뜯으며 한바탕 소란이 있었다
봉구 어머니도 분했는지 입가엔 흰 거품을 물었지만

어머니의 덩치에 밀려 토방 아래로 발라당 나뒹굴어지고 말았다
그때 어머닌, 신발 두 쪽을 꿰 채고는 내달리는 걸음으로
돼지우리에다 휙― 하니 내던져 버린 것이다

어차피, 이건 아무도 못 신고오― 누구 신도 아녀어―

⚜

아이들이 자치기를 하는 골목
구성진 목소리가 감나무 가지 위로 걸려들었다

고무신 때워어― 터진 양은 솥이나 다라 때워어―
고무신 때워어―

땜장이 아저씨의 목소린
엊그제 고무신 사건으로 땜질이 채 안 된 어머니의 심기를 건드리나 보다
봉구네 울타리에 호박넝쿨이 퍼렇게 올라
양푼만 한 노란 꽃을 마구 피워 올려도 쳐다보질 않은 채
정지 속의 재를 삼태기로 옮겨 담으며 애써 외면한다

이거 잘 때워주슈—

봉구 어머닌 치마 허리를 잘록 묶은 채
똥간에서 건진 찢어진 고무신을 땜장이에게로 건넸다

새 신인디…… 워찌 앞코가 이리 찢어졌쓔우?
땜장인 엉거추춤 울 옆 그늘로 앉아 한 마디 더한다
나무허다 밑둥 끌에 찢긴 것두 아닌 거 같은디이?……

봉구 어머닌 땜장이가 말을 잘 건넸다 싶은지
우리 집 대문간으로 흘끔 눈초릴 쏜 다음에
낼름 그 말끝을 잡아 큰소리로 건넨다
새 신도 이리 될 때가 있쓔우— 뱀일이쥬 아자씨—?

자치기를 땜장이 곁으로 멀— 게 쳐낸 동생이
자로 땅을 재며 앉은걸음으로 움직여가고 있다

동생의 발엔 다음 오일장까지 임시로 신어야 할
아버지의 헌 고무신을 지푸라기로 발을 동여맨 채다
움칠움칠 움직여 땜장이 곁을 막 지나가고 있을 때
땜장이는 화덕에서 달궈진 인두를 꺼내

파시시－ 고무신 위를 눌렀다

바람도 들지 않았는데
순간, 고무 타는 냄새가 골목에서 맴돌다가
우리 집 대문간도 타고 넘어가는지
울안 때죽나무 이파리가
잠시 잠시 흔들리고 있었다

나무 도둑들

워서 나무허지?

나는 아버지가 만들어준 지게를 지고
만석이와 황소의 고무신 뒷꿈치를 보며 따른다
상철이와 봉구도 쫄레쫄레 내 곁으로 발을 맞춘다
나무들의 푸짐한 잎들을 다 헐어낸 동네 야산
지게 끈을 바투 쥔 만석이가 침을 캭— 뱉으며 궁시렁거린다
산 있는 사람들은 나무 안 혀도 되고오, 조오컸따아—
만석이 입속의 허연 김이 모락모락 빠져 나온다

솔잎을 긁느라

땅에 피가 날 정도 갈퀴가 긁어댔던 야산은
두어 번 진눈깨비가 내려 딱지가 아문 듯 했다
깊은 바닷물 속 같은 푸른 공기가 휩싸인 산
진눈깨비가 하나둘 간간히 느리게 유영하고
산 하나를 넘어선 우리들은
소나무가 모여 있는 곳에 지게를 벗고
솔가지를 낫으로 쳐내기 시작했다

따악따악따악따악－－－

잘리는 솔가지들이 소리를 지르며 퍼렇게 누울 때
황소가 낫을 든 채 콧김을 뿜으며 말했다

에잇, 그만허자 힘만 들고오－ 내가 나무 훔쳐줄 테니께, 기냥 놀자아－
봐둔 나무가 있으니께에…….

✣

양짓녘 산소 앞엔 내팽겨진 지게 다섯

에– 에– 에, 마이코 시험 중, 마이코 시험 중…….

만석이는 지게 작대기를 들고 산소 봉분으로 올라섰다
산소 정수리 위에 작대기를 거꾸로 꽂은 녀석은
작대기 마이크를 두어 번 시험하더니, 멋진 사회자로 변신하였다
자, 지금부터 콩쿠루 대회가 있껬습니다아–
그 이름도 유명한 미남 가수 나훈아를 소개하겄습니다, 많은 박수 부탁드립니다–
누렇게 바랜 풀밭에 주저앉은 우리들은
손가락을 입에 넣고 휘파람을 불며 박수를 쳤다

코스모오스– 피어 있는– 정드은– 고오향– 역–
이뿐이 꽃뿐이 모두 나와아– 바안겨어어– 주게에엣찌이–

우리들은 사회자 만석이가 부르는 차례로
조미미도 되었고, 이미자도 되었고, 그리곤 남진으로 이어졌다
저 푸른 초원 우에– 그림같은 집을 짓고– 싸랑하는 우리 님과– 한백년 살고 싶네…….

갈퀴를 옆으로 든 봉구는 키타 치는 시늉을 하며 입으로 키타줄 소리를 낸다

띵띠띵 띠딩띵디― 띵띠딩 띠디디딩― 띠디디딩 띠링띠링― 띠띠
딩띠띠리리링―
황소는 몽키 춤을 추고
만석이는 개다리 춤을 춘다
앗쌰앗싸 아아쌰아아―

그러던 노래는, 인천의 성냥공장으로 이어졌다
인천에― 성냥공자앙― 성냥공장 아가씨이―
이 노랜 모두들 한꺼번에 합창이다
인천이 어디에 있는지도 모르면서, 뭔 뜻인지도 모르면서
동네 형들이 부르는 노랠 따라서 크게 크게 부르는 거다

⚜

야,야 안 되것다― 춰진다―

양지녘은 어느새 서늘한 그늘로 덮였다
만석이 방에서 고구마 먹고, 화투 치는 거보다는
더욱 신나게 까불고 있는 시간
산소 무대 하나를 두고 목청껏 소리 지르고 흔들어대다 보니
내복 속은 땀이 흥건하다

조명을 주던 해도, 나 몰라라- 서쪽으로 걸음을 둘 즈음
그제야 퍼뜩, 널브러진 지게를 보았다

큰일났다! 워서 나무허지?

급히 꿰어 찬 지게들이 흔들리며 황소를 따른다
저겨어- 저걸 지고 가자!
칠월 나무다
잎사귀가 질기고 무성한 칠월에 베어둔
갈참나무, 잡목, 억새를, 소나무 가지와 함께
산 주인이 새끼줄에 묶어 말려둔 나뭇단이다
우리는 바싹 마른 나뭇단 하나씩을 지게 위에 덜렁 올려놓고
황토가 쏟아진 골짜기를 급히 미끄러지듯 내려섰다

야- 이- 워떤 눔이 우리 나무를 훔쳐 가능겨어-!
아이구 이눔들아- 거그다 안 놔아-!
나무를 지키고 있었던 듯, 아랫마을 산 주인 아주머니가 소릴 지르며 쫓아온다

산비탈에서 넘어진 봉구의 나뭇단은 풀리고
할 수 없이 나뭇단을 포기한 녀석이, 제일 앞서 뛰고 있다

얼만큼 뛰었을까
우리가 조금 전 까불고 놀던 산소까지 왔을 땐
숨이 가쁘고 목이 터질 것 같았다

산 아래로 냇가를 낀 신작로와 우리가 다니던 국민학교는
너희 일은 모른다는 듯, 멀게 멀게 잠잠하고
지게에 놓인 나뭇단들만 겁을 읽은 듯 바람에 바스럭– 거릴 때
나무 안 갖구 가믄, 우리 어머니에게 디게 혼날 텐디…….
끙끙 신음하는 봉구를 위해 황소는, 우리들의 나뭇단을 풀게 했다

몇 가지씩만 나누면 될껴어–

⚜

마른 나무를
지게 위에 덜렁 올려놓고 동네로 들어서니
집집 굴뚝마다 저녁 짓는 연기들
지게들은 이제 서로 흩어졌다

대문간을 넘어서니
외양간 황소가 물끄러미 쳐다본다

연기가 가득한 정지에서 매운 눈을 찡그리고
어머니가 나오며 내 지게를 본다

아이쿠－ 이눔아아－
워서 마른 나무를 훔쳐왔냐야아~!
바짓가랭이는 워서 후질렀꾸－ 신은 뭐 허다 찢어 가지구서언－!
어머닌 어디서 떨어졌는지 모를, 단추 떨어진 내 윗도릴 잡고선
등짝을 한 번 짝－ 후려쳤다
나는 아무 말도 못하고 고개만 푹 숙이고 있다

얼릉 씻고 밥 묵어라－ 허는 짓이라고는 으휴!……

연애편지

잠시만 지둘려 황소야—

버스터미널로 향하던 중 나는, 사거리에서 황소를 잠시 세워두고
가축병원으로 발걸음을 총총 돌렸다
효순이 누나가 좋아하는 영식이 아저씨에게 전해줄 편지가 있어서이다
여남은 차례 이 심부름을 하는 나는, 가축병원 건너 도나쓰 만드는 집 모퉁이에
아저씨가 눈에 띄도록, 또는 눈에 안 띄도록 서 있곤 했다
가축병원엔 효순이 누나 오빠가 같이 일을 하기 때문이다

이 핀지 줄 때 말여, 절대루 우리 오빠 모르게스리 몰래 줘얀다이?

효순이 누나는 편지를 부탁할 때마다 내내 했던 소리를 또 당부하곤 했다

무슨 사연을 그리 넣었을까

언제나 도톰한 하얀 편지봉투는 내 책가방 속에서, 분냄새가 날 듯 날 듯

묘한 기분을 만들기도 했다

그러나 이런 편지는

효순 누나가 몰래 주란 소릴 당부하지 않아도, 조심스레 해야 한다는 걸 나는 잘 알고 있다

우리 누나도 이런 편지 때문에 어머니께 아주 혼난 적 있었다

동네 봉달이 형이, 우리 정지에 몰래 들어와 사발 속에 편지를 놓고 간 사건 때문이다

누나가 아침밥을 하는 걸 잘 아는 봉달이 형이, 늦은 밤 몰래 놓고 간 편지는

다음날 어머니가 먼저 발견했다

글씨를 못 읽는 까막눈의 어머니였지만, 누나에게 보내는 연애편

지란 것 즈음은
　단박에 눈치로 알아보고도 남을 일이었다
　냉큼 어머닌, 이 편지를 들고 아버지께 고했다
　그날 아침은 누나 방이 시끌시끌했고, 누나의 두 다리가 멀쩡한 것은 다행일 정도였다
　몽둥이로 다리를 분질러 버린다– 는 아버지의 고함소린 천둥 같았으니깐

　어쩌면, 효순이 누나 편지도 오빠 눈에 걸리는 날
　우리 누나처럼 호되게 야단 맞을지도 모른다는 생각에
　나는 도나쓰 가게에서 풍기는 고소한 기름 냄새도 잊은 채
　아저씨가 얼른 나를 발견해주길 기다리고 있다

　영식 아저씨는 흰 가운을 입고 신문을 읽고 있고
　효순 누나 오빠는 약상자인 듯한 곽 속을 들여다보는 중이었다
　나는 영식이 아저씨가 신문을 어서 손에서 놓기를 맘 속으로 주문했지만
　아무래도 아저씬 신문을 모두 다 읽어야 나를 발견할 듯싶다
　햇빛은 하얀 거리의 점방들을, 오도카니 서 있는 나처럼 지루하게
　작은 유리문에만 빛을 던지고 있다

황소가 많이 지둘릴 텐디…….

후끈 열이 난 머리를 식힐 양, 모자를 벗고 얼굴에 흐르는 땀을 닦을 때다

영식이 아저씨가 어느새 나를 발견했는지 가축병원을 나오더니

손짓으로 양은냄비를 가득 쌓아놓은 가게 앞으로 오라 한다

많이 지둘렸어?

아저씨는 미안한 듯 내 어깨를 두드리고

나는 그제서야 책가방을 열어, 찔레꽃잎처럼 하얀 편지를 꺼냈다

핀지 줄 때 누나가 뭐라 말 안튼?

편지를 손에 쥐고도 아저씬 보너스로 무슨 말을 얻고 싶은 모양이다

암 말두 안혔슈…….

이 핀지도 누나헌티 잘 전해줘어—

아저씨는 흰 가운 주머니에서 미리 준비한, 두툼한 누런 편지봉투를 꺼냈다

효순이 누나 편지엔 분 냄새가 나는 듯했지만

영식이 아저씨 편지에는 뽀마드 냄새가 나는 듯했다

⚜

편지를 책가방에 넣고 터미널 사거리로 향할 때 나는

어제 우리 집 툇마루에서 뒤로 발랑 눕는 효순이 누나 모습이 갑자기 떠올랐다

그 빨간 피빛은 무엇이었을까

다우다 치마를 입은 그 누나가 아아아— 기지개를 켜며 툇마루로 누울 때

치맛자락이 잠시 팔락— 열렸다

하얀 팬티가 순간 내 눈에 비치며, 팬티 가장자리 즈음 살구만 한 붉은 점 하나가

선명하게 내 동공으로 들어왔다

어디 아픈가?

그런 생각에 잠시 누나가 걱정스러웠기도 했다

얌마아 고름감자! 한참 지둘리게 하구 뭐혔으어—!

내 얼굴에 여드름이 많다고 황소는 고름감자— 라는 별명을 붙여 놓았다

난 녀석에게 편지의 비밀을 누설할 수가 없었다

오늘 빼스 타지 말구 기냥 걸어갈려?

황소는 주머니에서 차비를 꺼내 보고 있다
해는 터미널 정수리를 지났지만 아직도
서녘 하늘까지는 가랭이를 길게 벌려도 한참 남았다
어차피 집에 일찍 가도 콩밭 가서 김매야 혀니, 이걸루 건빵 사 묵자!

차비로 사든 오리표 건빵
책가방을 옆구리에 낀 채 으적으적 씹으며
황소와 나는 길을 걸었다
두어 시간은 걸어야 집에 도착하는데
우린 가끔 버스 차비를 건빵과 바꾸어 먹곤 했다
어쩌다 운 좋은 날은, 신작로에서 소달구지를 만나 타고 오기도 하는데
오늘은 먼 길 끝까지 볕만 번들거리고, 목구멍은 빽빽하다

⚜

워쩐 일루 밥숟가락을 놔버린대냐?
어머닌 저녁밥을 미루는 나를 걱정스럽게 바라본다

너 워디 아프냐아?

차마 차비로 건빵을 사 먹어 그렇다고, 말할 수가 없는 나는
고개만 흔든다
공부 허니라고 느가, 많이 고생허는가 부다…….
어머닌 측은한 듯, 그래도 억지로 한 숟가락 떠보라 하지만
오자마자, 우물을 한 바가지나 벌컥거린 배에 밥이 먹힐 리 없다
괜스레 죄 지은 마음만 들 뿐

⚜

효순이 누나가 담장 밖으로 나를 부른 밤

내 책가방 속엔 다시
아저씨 편지 대신 효순이 누나 편지가 들어 있다
은밀한 속삭임을 끝없이 나르는 책가방은, 흡사 우체부 가방 같다
총각 처녀들은 숨어서 연애를 한다
팔베개 하고 누워서 생각하면, 뭔지 모르지만 야릇한 느낌이 든다
효순이 누나는 오일장 날에만 영식이 아저씨를 만나는 것 같다
오일장 날일 땐, 내 책가방 속엔 편지가 없으니 말이다
그리고, 장날 버스에서 뽀얀 분을 바른 그 누나를 보게 되니깐

그런데 우리 누나는?

아마 누나도 편지를 쓸 것이다
누나의 방에 호롱불이 오래 켜진 것을 보면…….
정지 사발 속에 편지를 넣는 봉달이 아저씨도
이 밤 누나에게 편지를 쓰고 있을 일이다
사발 속이 아닌
풀숲이나, 담장 속이나. 혹은 내가 딱지를 숨겨넣는 짚가리 속이나……

나처럼 전해주는 아이가 없으면
아마 그렇게 숨겨놓을지도 모를 일이다

몇 발짝 될랑가?

오늘은 기어코 이 거리를 재고 싶었다
대체 핵교에서 우리 집까진 몇 발자국 된단 말여?

걸어서 족히 두 시간이 넘는 건 알겠지만
왕복 육십 리가 더 되는 길이라는 것도 알겠지만
버스차부에 있는, 중천에 벗어난 해를 데리고 집 앞까지 오면
순하게 생긴 서녘 산은 능선 너머로
따라온 해를 언제나 데리고 가버리는 것도 알겠지만……

오늘은 기필코!

버스를 타고 가자는 황소를, 나는 일부러 교문 앞에서 따돌렸다
읍내 심부름이 있다고 둘러대고
파랑색으로 뺑끼 칠한 교문 앞에서 책가방을 옆구리로 바투 안았다
여그서부터여－

나는 비장한 각오로 어금니를 꽉 물고 첫 걸음을 떼었다
입안에서 나도 모르게 하나, 둘, 셋, 나지막한 소리가 시작되었다
평소에 내가 걷는 걸음걸이만큼씩을 유지하면서
다섯, 여섯, 일곱……
쉰다섯, 쉰여섯…… 아흔아홉 백!

백을 세고 딱 멈춰섰다

몸이 흔들려, 앞으로 여차 발이라도 삔어서는 안 되는 일이다
한 발자국이라도 정확하게 재어야 한다고

속으로 그렇게 맘을 먹고 있었기 때문이다
멈춘 발 아래
작은 돌멩이를 하나 주워 가방 속으로 넣었다
그래, 백 발자국이 될 때마다 돌멩이를 하나씩 넣는 거야

사람들이 지나거나 말거나

자전거 때르릉 소리가 귀청에서, 비켜라 비켜라— 하거나 말거나

햇빛이 내 그림자를 짤똑하게 만들어놓고, 모자 위로 걸터 앉거나 말거나

오로지 나는 입속으로 발걸음 수를 세느라 땅만 보고 걷는다

…… 아흔아홉 백!

…… 아흔아홉 백!

⚜

가방 속으로 들어가는 돌멩이들이 점점 늘어나고

기운은 점점 빠져나가며 침이 다 마른다

여그서 딴 생각 허믄 절대루 안 뎌

핵교에서 처음부터 다시 세야니께…….

일부러 크게 키운 목소린

산길로 들어서며 숨이 더 차다

서르은두울, 서른세에앳……

귀찮아지는 책가방을 어깨에 휘둘러 매고

백!…… 백—……

배액–

모자 속의 후끈후끈한 열기도 잊었다
소나무 밭도 지나고, 구릉도 지나고, 놀던 무덤도 지난 거 같다
오로지 숫자 세는 일에만 몰두하여
누구네 논과 밭을 지나는 것도 모르겠다
다른 때 같으면, 논에 선 허수아비에게 돌멩이라도 겨냥하여 던져 볼 일인데
고구마 밭에 들어 뿌리라도 당겨 훔쳐 먹으며 걸을 길인데
세던 숫자를 놓칠까봐 다른 것을 볼 새가 없다
소달구지가 긋고 간 바퀴자국을 따라
마흔다섯 마흔여섯 마흔일곱……

동네 어른이, 핵교 갔다 이제 오냐– 해도
골목에서 만석이 어머니가, 너 워디 아프냐– 해도
내 동생이 다마치기 하면서, 서엉– 하고 반가워 뛰어와도
쥐새끼 한 마리가 텃밭으로 가로질러 가도
예순셋 예순넷 예순다섯…….

그리고는 드디어 대문간에 닿은 발
으휴우– 이젠 다했다!

나는 그제서야 세던 숫자를 멈추고는
모자도 안 벗고 툇마루로 가서 쭉— 퍼져 누웠다
긴장했던 머리는 너무 많은 숫자를 머릿속에 넣어선지
지끈지끈 열이 나며 아프기 시작했다
그러나 나는 벌떡 일어나 가방을 열어 벤또부터 꺼낸 후
안에 든 돌멩이들을 모두 마루 위로 꺼냈다

이거 또 세야 되겠네, 하나, 둘, 셋… 넷……

웬 돌멩이를 가방에 넣구 댕기냐아—! 그게 뭐허는 짓여?
가방도 무거운디 거기다 돌멩이까정 넣구, 에이구— 정신 빠진 짓
꺼릴 허는구먼—
그렇게 헐 일 읎능겨 이눔아—?
돌멩이를 세고 있는 내가 어머니에겐 아주 한심해 보일 법도 하다

그게 아니구유, 이게유, 이게유 다 세어봐야유—

돌멩이가 모두 이백 개가 넘네
그라믄, 이만 발짝이 넘는구먼…….
나는 혼자서 웅얼웅얼거리다가 교복 입은 채 다시 벌렁 누웠다
그럼 대체

여태 내가 핵교 댕겼던 발자국을 다 합하면 또 월마나 된단 말여?
그 생각을 하려니 다시 머리가 칭칭 아프다

눈보라를 맞으며
비를 맞으며
뙤약볕을 쪼이며
컴컴한 밤 산길의 장막을 헤치며
오고 갔었던 숱한 발자국들
그 먼 먼 길의 발자국들을 다시 생각하느라
어머니가 뭐라뭐라 닥달하는 소리도 못 들은 채
나는 다시 걸었던 길들을 되돌려보고 있다

머릿속에선 가물가물
국민학교를 가던 내 헌 고무신이
총총총 그 길을 걷고 있었고
걸음이 더 넓어진 중학교 학생화는
그 뒤를 따라
터벅터벅 더 먼 곳으로 걸어가고 있었다

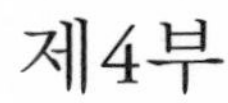

제4부

검불 하나 없이 파란 봄 하늘

저 하늘에다 시름 섞인 것들 널어두면

잘도 마를 것도 같은 날

냇둑 옆 밭들은 소다 넣은 찐빵처럼 부풀어 오르고

냇가 자갈 위에 걸어놓은 솥단지 속 빨래는 폴폴 익는다

— 「여자들의 빨래터」 중

여자들의 빨래터

양숙이가 달거리를 하나벼어－

여그 돌이 판판허니 좋은디, 해필 쩌으－ 밑에 가서 빨래를 허네에－

만석이 어머닌 젖은 옷을 주물거리며 그녀를 바라다본다

양숙이 블라우스의 흰빛이 터지는 물가는 훤하다

허기사, 처녀애들은 부끄럽기도 허지이－

저 혼자 말해놓고 만석이 어머닌, 흘끔 말 없는 홍성댁을 본다

어따, 성님 말 쫌 해보슈우－?

워째 아까 전부텀 서답만 허고 말을 영 허질 않유?

또 성길이 아부지가 속 끓유?

요즘 삼거리 점방집 과부 여편네와 눈이 맞았네, 어쩌네, 동네 말이 많다

홍성댁은 대답 대신 방망이질만 탁탁탁탁—

옷감이 미어질 정도 해대다 말고, 텀벙— 물속에다 빨래를 내던진다

으이그으— 챙피혀서 못살겄어— 늙어가는 영감탱이가 주책이야 주책!

홍성댁의 입이 일그러지며, 빠진 옆니 구멍이 순간 드러난다

그러고 보니 홍성댁은, 주책 떠는 영감의 내복을 빨고 있었다

홍성댁 방망이질이 신경질적이다 싶자, 만석이 어머닌 얼른 입을 닫았다

보리가 패면 말여, 나도 새서방 얻으러 갈껴어—

구리모 바르고—

구지베니 바르고오—

삐쪽 구두도 신고 말여어—

빨래 방망이질을 멈춘 홍성댁은 푸념 반 타령 반 읊다 말고
소맷자락으로 콧물을 훔치다가
저만치 떨어져 있는 양숙이에게 고갤 돌리며 중얼거린다
차암 좋을 때여— 나두 꽃다운 나이로 돌아갈 수 있다믄야…….

검불 하나 없이 파란 봄 하늘
저 하늘에다 시름 섞인 것들 널어두면
잘도 마를 것도 같은 날
냇둑 옆 밭들은 소다 넣은 찐빵처럼 부풀어 오르고
냇가 자갈 위에 걸어놓은 솥단지 속 빨래는 폴폴 익는다

어느새 대여섯 여자들이 모여든 빨래터의 방망이 소리는
산자락 끝까지 퍼져 나갔다가
되돌아온다
타닥— 타닥— 타닥— 타닥— 타닥— 타닥——

양숙이는 벌써 빨래를 끝내고 바위에 앉아, 감은 머리를 빗고 있고
홍성댁은 신고 온 고무신을 벗어 짚으로 문질러 닦고 있다
깨끗한 흰 자갈을 따뜻이 덥혀놓은 해는, 중천에 걸려
자갈돌 위에 널린 빨래들을 부지런히 말려주고 있다

비누 냄새가 냇가에 가득 퍼졌다

⚜

봉자네는 빨래터에 늦게 나왔다
이 돌, 저 돌, 알맞는 자리를 찾고는 빨래를 풀썩 풀어놓는데
모두 상복이다
빨래를 하던 아낙들이 잠잠히 움직이는 손들을 멈췄다

너무 상심 마슈 봉자 어머니이-, 애들을 봐서라두 심내셔야쥬우-

봉자 아버지를 묻고 삼 일째인 날이다
머리에다 흰 헝겊을 단 봉자 어머니 앞에
노란 삼베옷이 길게 물살에 풀렸다
삼베옷을 잡은 손이 힘없이 떨려 보인다

봉자 아버진 참 고생이 많았다
남의 밭일을 해주며 그 품삯으로
초가지붕 하나를 올린 지가 일 년인데
집 하나 이제사 지어, 겨우 살 만하다고

부끄러운 듯 빙긋이 웃던 그 양반이 갑자기 죽은 날
동네 사람들은 측은하다 불쌍하다, 얼마나 애석하게 그를 보내주었었나

그를 보낸 눈물이 냇물에 씻긴다
봉자 어머니 방망질 소리는 허공 어디로 달려간다
서방이 있는 저승 문턱은 넘어서지 못할
이승 끝에 걸리고 결국 돌아오고 말 것 같은

⚜

야— 양숙아아, 양숙아— 일루 와— 일루 오라니께에—
복순이가 어느새 와서 손짓으로 양숙이를 부른다

복순이 요년아 ,이쟈 낯 들고 댕길 만허냐아—?
만석이 어머닌 마친 빨랫감을 머리에 끙 이며, 한마디 한다
앞으론 절때루 농약 같은 건 먹지 마라 이?
복순이는 양숙이를 부르던 손을 내리고 고개를 숙인다
야… 이젠 안 그류…….

지집애가 키타가 뭐여 키타가아—

그거 안 사줬다고 농약까정 먹는 년이 워딨돼야?
촌구석에서 키탄가 머시긴가, 그런 건 다 소용 읎능겨어-
얌저언- 허게 있다가, 시집가능 게 여자에겐 최고여 최고!
다신 그런 짓 허지 마라 이?
만석이 어머니는 복순이를 타일러놓고는 빨래터를 나갔다

이젠 완연한 봄이다

진달래를 꺾은 양숙이의 볼이 분홍빛에 물들고
농약 사건으로 키타를 얻은 복순이의 바람 든 가슴은
꽃 핑계로, 또 어디로 튕겨 나갈지 모를 일이다
홍성댁도 어쩌면, 구리모를 사달라고 영감에게 조르고 싶을 테고
봉자 아버지가 만든 집 한 채에도
봄볕이 지붕에 앉아 젖은 눈물을 말려줄 것이다

궂은 비눗물들이 빨래터에서 흘러 나간다
맑은 새 물이 다시 흐른다, 흘러간다

흐르는 냇물은 어디에서 오는가
흐르는 냇물은 어디로 가는가

달맞이꽃 핀 밤

성, 큰일 났슈!

면 소재지에서 술에 잔뜩 취해 어슬렁거리며 들어오는 순돌씨는
집 앞 푸성귀 텃밭에다 오줌을 갈기다가
화들짝 달려온 그의 동생 얘기에
누던 오줌발을 누그러트리고 푸스스 몸을 털며 바지춤을 추스렸다
왜 이눔아아-?
개 건너 사는 복순이 누나가 성 방에 와 있슈우
성이 올 때까정 안 갈 거라구, 막 저러구 있슈우

어이쿠!

깜짝 놀란 순돌씨는 정신이 확— 들며 술이 다 깬 듯했다

방을 바라보니 창호지 위로, 불빛에 비친 그림자 하나 거기 앉아 있다

혹시? 저것이 어머니헌티 뭔 말 안허디?

순돌씨는 동생의 팔을 끌어당기며 어둠 속에서 빠르게 속삭였다

몰러어, 어머니가 절때루 안 된다구, 막 승질 냈는디, 성이 들어가 부아—

올 것이 왔구나…….

순돌씨는 남은 술기운을 다 털어버리려는 듯
머리를 좌우로 두어 번 흔들어 털며 눈을 크게 뜨고
자리에 멈춘 채 불빛에 비친 그림자를 잠시 주시했다
아무런 미동 없는 그림자만으로도
복순이, 그녀의 야무지게 꼭 다문 입매가 보이고도 남았다
이런 씨부럴…….
순돌씨는 주머니에 두 손을 단단히 찌르고는
마당귀에 잘 핀 맨드라미를 괜스레 발로 휙— 걷어차고는
휘적휘적 토방을 올랐다

✣

복순이 몸을 탐한 건 그녀를 좋아해서가 아니었다
서울에서 고등학교를 졸업한 순돌씨는, 군 입대 관계로 취직도 못하고
시골집으로 돌아와 홀어머니 농사일을 도우며 입대를 기다리고 있던 참이었다
시골 어스름 달밤은 그에겐 무척 무료하고 적적하여
그는 개울 건너 관심을 둔 복순이 집으로
형이 타는 짐 싣는 자전거의 페달을 밟았다
밖으로 불러낸 복순이 얼굴은 달빛 아래에
달맞이꽃처럼 환하고 이뻐서
순돌씨는 밤기운에 바지 속이 자꾸만 부풀어 오르는 걸 느꼈다

복순이를 자전거 뒤에 싣고 신작로를 지나
면사무소 뒤켠 소나무가 있는 외진 곳으로 갈 때도
복순이는 아무런 두려움도 없는 듯
외려 그의 허리를 뒤에서 꽉 붙잡고, 얼굴을 그의 등에다 살짝살짝 댔는데
자갈길에 바퀴가 투둘거릴 때마다
그녀의 몽실한 젖가슴이 자꾸 그의 등을 타고 내려와

바지 속까지 후끈하게 덥히는 것이었다

순돌씨는 자전거를 급히 엎어놓고
그녀를 안았다
달맞이꽃 같은 그녀의 얼굴은 순돌씨의 얼굴로 덮이고
땅 위에 덮인 솔잎 향기가
아주 가까이 두 사람의 몸으로 배어들던 밤

순돌씨는 그렇게 자전거에 그녀를 여러 번 태웠다

그러던 중, 지난번엔
신작로를 가던 그녀는 자전거에서 내려 길섶에다 헛구역질을 했다

왜 그랴?
순간 순돌씨는 풀벌레 소리가 귀청에서 멀어지는 걸 느꼈다
애기 선 거 같유…….
쪼그려 앉은 그녀가 그를 안 쳐다보았기 망정이지
순돌씨는 자전거에 걸친 몸이 널부러질 뻔 휘청– 한 걸
애써 추스리며 자전거 핸들을 꽉– 움켜쥐었다

야, 야……. 처녀애가 애 서믄 워떡혀냐아

그라고, 난 군대 갈 텐디 그럼 안 뎌 복순아아–

⚜

그날, 신작로 길섶에 쪼그려 앉아
풀벌레 소리보다 더 크게 훌쩍거리던 그녀가
집으로 찾아와 어머니에게 시집오겠다 말을 했단 말인가
사실, 그날 이후 순돌씨는 복순일 더 이상 불러내지 않았다
책임지기도 싫었고, 징징거리는 모습을 보는 건 더욱 싫었기 때문이다
뭐 알아서 처리하겠거니– 생각한 그는
오히려 윗동네 처녀 하나를 만나고 있던 참이다

작은 야산 둘레에 모인 집들은 귀도 밝다
봄바람처럼 소문이 그렇게 번지는가
복순이는 저를 만나주지도 않고, 다른 여자를 만나는 순돌씨에게
조바심이 나 견딜 수 없었던 것이다

⚜

집으로 찾아온 복순이를

겨우 달래서 돌려보내 놓은 다음날

순돌씨는 소태 씹은 얼굴로 어머니 앞에 앉았다
절대루 안뎌!
순돌씨가 뭐라 한 얘기도 없는데
그의 어머닌 단호하게 말을 자른 다음 그를 달랬다

갸는 당췌— 느랑 되질 않은 애니께. 읎던 일로 혀라
그라고, 아는 빨랑 병원 가서 지우거라!

그의 어머닌, 무릎 위에 놓인 주먹을 꽉 움켜쥐고 다시 말을 잇는다
내가 느를 서울로 핵교 보낼 땐, 아버지 읎이 월마나 심들었는지 아냐?
그때의 설움이 다시 떠오르는지 눈동자의 물기가 잠시 흔들리나 싶더니
그라니께, 얼릉 병원 가서 해결혀—!
어머닌 아들이 다른 말 하나 싶어, 얼른 말끝에다 매듭을 두고는
치맛단이 펄럭이게 일어나 시렁 속에 형이 군대에서 쓰던 따블백을 꺼냈다

이만큼이믄 될거다, 가서…… 팔아서 얼릉 뱅원부터 댕겨와라－

순돌씨는 뒤주에서 퍼낸 콩을
따블백에다 묵직하게 어머니로부터 건네받았다

복순이를 태우고 가던 자전거 뒷자리엔
그녀의 몸무게만큼이나 뒴직한 콩자루가 실린 채
신작로 길을 달려 곡물 수집상 앞에 멈췄다

댓 말 될뀨－

⚜

빼스에 아는 사람들이 많으니께 모르는 곳 가능 거 타유…….

복순이는 표도 나지 않은 배였지만
감추고 싶었는지, 주름이 퍼진 원피스를 입고
그의 곁에 바싹 붙은 채 시외버스를 기다리고 있다
복순아, 너무 마음 쓰지 말그라－
순돌씨는 콩 판 돈을 넣은 주머니를 다시 훑어 확인을 하며
그녀의 마음도 바뀌지 않도록, 말 한 번 건네주었지만

병원 안으로 들어갈 때까지 영 안심이 안 되는지
입속은 바싹바싹 마르고 있다

시외버스는 조그만 읍내에 두 사람을 부려놓았지만
부인과 병원은 없는 곳이었다
아 씨발…….
순돌씨 입속에, 조그맣게 욕이 올라오다가
긴장이 되는지 얼굴이 굳은 복순이를 의식하고는, 도루 입을 닫았다
다시 가야겄어-
순돌씨는 복순이 마음이 다시 흔들리지 않도록
낯선 곳이라는 핑계로 맘에 없는 손을 잡고 버스를 기다렸다

⚜

달맞이꽃이 훤한 등을 켜놓고 있는 신작로

곡물 수집상에 맡겨놓은 자전거를 툴레툴레 타고
순돌씨는 페달을 가볍게 돌린다

콩을 비운 따블백에

수백 자루를 담아도 남을 별들이
머리 위에서 무더기로 쫓아오고
병원에서 나와, 순대국 한 그릇 사주고 돌려보낸
복순이의 몽실한 젖가슴 닮은 밭 능선이
그와 같이 달리고 있다

순돌씨는 콩자루와 함께
무거웠던 체중이 풀린 자전거 위에서
새털 같은 기분으로 바람결을 느꼈다
복순이의 물기 어린 눈동자를 헤어지며 금방 지운 그는
윗동네 요즘 만나는 순심이를 생각하고 있다

벚꽃 달린 가지처럼 하늘하늘 이쁜 순심이…….
혼자 지긋이 떠올리며 빙글빙글 웃다가
다시 온몸이 스멀스멀 부풀어 오른다 생각한 그는
자전거 핸들이 콩밭으로 가는 걸 모르고 있었다

반딧불이 날고 있는 콩밭에
자전거 바퀴살이
저 혼자 챠르르르— 어둠 속에서 웃고
순돌씨는 흙 속에 널부러진 채

바지춤을 붙잡고 끙끙 신음한다

아으– 아으 아퍼어– 아–

아, 씨발–

목단꽃 요강

마당에 든 바람은
옷가지 널린 빨랫줄을 펄럭— 펄럭— 넘더니
마당귀로 몰려가 살구나무 꽃가지를 둥실둥실 타고 오른다
툇마루에 앉아 있던 정순이 눈 속에
봄꿈처럼 가벼운 꽃잎들이 하늘하늘 날아들었다
다 꿈이여, 꿈인 것여…….
그녀는 스르르 눈을 감았다

여섯 해 전 봄
새색시로 마당을 나갈 때 피던 꽃들
그새 다섯 번의 봄이 지나간 것일까, 그새

앉은 무릎 사이로 고개를 묻은 채 그녀는
쨍그렁 — 깨지던 요강 소릴 떠올렸다
그 소릴 가슴에서 다시 크게 파열음을 냈다

여섯 해의 밤과 낮 속에 파편들이 흩어졌다

⚜

시집을 간 첫날
신방 가운데에 신줏단지처럼 놓아두었던 요강은
늦은 밤 신랑이 먼저 썼다
그를 안을 때 이불을 뒤집어 썼던 것처럼 정순이는
사기요강이 터질 듯한 오줌 소릴
이불을 끌어 당겨 머리 위로 쓰고, 그 소릴 덮었다
창호지에 스민 달빛 속 한 사내의 오줌 소린
아련한 슬픔처럼 그녀의 가슴으로 흘러들었다
그녀가 살던 살구꽃 핀 마당이 와락 떠오르며
어두운 밤중, 요강을 든 뒷모습의 아버지가 떠오른 것이다

뒷간 좀 데려다 주유…….

자정이나 넘었을까
창호지에 비친 달그림자가 서켠으로 물러난 시간
캄캄혀서 무서워 그류…….
한참 전부터 오줌을 참고 있던 정순이는
코를 골던 신랑을 조심스레 흔들었다
요강 있잖여, 요강 있는디 여그서 누어어—
싫유…….
괜찮여, 이제 한 몸 됐는디 부끄러울 게 뭐가 있다 그려어
신랑은 몸을 부시시 일으키며 어둠 속에 그녀의 손을 잡았다
그래두 싫유…….

⚜

살을 섞으면 한 몸을 이루는가

첫날, 둘쨋날…… 그리고 열흘 밤이 흘러서야 정순이는
방구석에 놓인 요강을 조심히 사용하였다
신랑이 코를 골 때 처음 앉는 요강
그믐달 달빛은 어색함을 가려주긴 좋았지만
어둔 방 사내의 귓속으로 흘러들지 않을까
조심스레 조심스레 흘리던 그 그믐밤

요강에 앉은 그녀의 몸은
집을 떠난 애잔한 거리만큼
쓸쓸한 소리를 흘렸던 밤이다

그리고
두 사람이 지낸 밤만큼
오줌이 섞이고 쏟아내던 많은 아침만큼
어느덧
다섯 해가 지나 요강에도 희미한 실금이 앉았다
다섯 해의 밤을 닦던 요강에 그려진
푸른 목단꽃은 지지도 않았건만
어쩐지 정순이의 몸엔 태기가 없고
사내는 울타리 밖 다른 꽃을 심었다

그 여자는
읍내 다방에서 일하다가, 정순이 남편의 손에 이끌려 이곳으로 왔다
하필이면 세 집 건너에다 여자를 두었을까
정순이는 밭일을 갈 때도, 돌아오는 길에도
여자의 마당을 애써 외면하였지만
서너 번 멀찌감치 여자를 길에서 마주친 적도 있다

여자의 뽀얀 얼굴에 나는 분 냄새와
시골길에 어울리지 않은 뾰쪽 구두가
정순이 곁을 마주 지날 때는
머릿수건을 끌어내려 얼굴을 반 즈음 가린 채 고갤 돌리고 지나기도 했다

워찌 최서방이 그럴 수 있다?

자네가 아를 못 낳는대두 그럴 수는 읎능겨어-!
동네가 다아 보고 있는디, 갈보를 터억- 하니 즈 옆집에 두구 사능 게 사람여?
동네 여자들이 쑤군쑤군 편을 들며 거들지만
정순이는 그럴 때마다 입을 꼭 다물고 시선을 접곤 했다

언젠가 여자는 남편을 떠날 것이다
정순이는 겨울 밤 창호지 떠는 소릴 베게 밑에 두고
혼자 그렇게 중얼거렸다
혼자 앉는 밤 요강의 차거움
텅 빈 방의 적요
눈물처럼 흘리는 그 소리
밤은 길고, 남편은 간간히 들를 뿐

문 밖 바람 소리가 더 자주 들려줬을 뿐…….

⚜

있자녀…… 그 집 요강 내가 갔다줄테니께!

이웃 집 아주머니가 냉이를 캤다며 소쿠리 들고 와선 툇마루에 걸터앉았다

그 집 요강을 왜유?

정순이는 냉이를 만지다 말고 아주머니의 다문 입매가 다시 열리길 기다렸다

그 갈보년이 여직도 안 가구 여그 신랑을 차지하고 있자녀어-!

볏가리단 쌓아놓을 때 왔으니께, 벌써 눌러 앉아 최서방 단물 빼먹은 지 대체 월마여어?

그라니께, 내쫓는 비방 내가 시방 자네에게 줄 테니께!

아주머니는 마치 제 일인양 부르르 몸을 떨며

정순이 무릎 위에 놓인 냉이 소쿠릴 뺏어, 뒤로 밀어놓고 말을 이었다

빙신여? 눈 뜨고 그 짓꺼릴 보구 있을껴?

저 볕 쫌 부아아, 시상이 이렇게 훤- 헌디, 개미들까정 훤- 허게

다 보이는 봄인디

그 갈보년 하구 돌아 댕기는 거, 우린 볼 수 없으니께 내 말대루 혀봐!

냉이 소쿠릴 놓고 돌아간 아주머니가
다시 돌아온 늦은 오후
햇빛 속에 하얀 사기요강 하나를 손에 들고는
마당 구석 짚가리 쪽으로 흔들며 간다

어여 일루 와— 어여어—!
정순이는 영문을 모른 채 아주머니가 손짓하는 짚가리 쪽을, 고무신을 꿰차고 향했다
이건 말여… 잘 부아아—
실금 없이 미끈한 하얀 요강이 햇빛 속에 반짝 빛났다
최서방과 그 갈보년이 같이 오줌 누던 요강여—
이걸 깨!
카랑한 목소리 끝에 정순이는 순간 아찔했다

남편과 여자가 껴안고 자던 밤들이 훤하게 비치는 요강
분 냄새와, 속삭임과, 같이 덮은 이불…….

이걸 깨믄 말여— 그년이 떠날 껴어—

아주머니는, 같이 쓰던 요강을 깨면 정분이 깨진다며

정순이의 손을 이끌어 요강을 들게 했다

아주머니…… 즈는…… 못 휴우…….

웬일인지 정순이는 그럴 용기가 없었다

애도 들어서지 않는 몸, 그녀는 자신을 나무라는 게 먼저라고 생각했다

아, 어여 깨라니께에—!

챙그랑—

짚가리 밑을 받힌 돌 위에 요강이 하얗게 깨졌다

남편과 여자가 피우던 목단 꽃잎이 순간, 사방으로 흩어졌다

정순이의 눈 밑에 눈물이 와르르 굵어지며

가슴속에 그런 흐느낌이 언제 숨어 있었을까

그녀는 무릎을 꿇고 엎드려 몸을 들썩이며 흐느꼈다

되았어! 이젠 그년도 떠날껴…….

아주머니의 목소리가 마당에서 멀어질 때

정순이의 흐느낌은
봄날 마당을 가득 가득 적셨다

⚜

여섯 해가 지났나, 그새…….

시집갈 때 보던 살구꽃을 다시 돌아와 보는 지금
정순이는 봄꿈처럼 짧게 꾼 시간들을
다시 깨어 흔들어보았다
그녀가 앉아 있는 툇마루 구석엔
아버지와 어머니와 동생이 함께 쓰던 요강이
쓸쓸하게도, 따뜻하게도, 정겹게도
푸른 목단꽃 무늬가
하나 시들지도 않은 채다

잠시 다른 요강
어디에다 헛꿈들을 흘리고 왔을까

그녀는 어느새
하염없이 피는 봄의 살구꽃 가지를

살짝 끌어당겨 코를 묻었다

그리고

눈을 떴다.

정자의 뚝방

느 신랑의 애를 뱃속에 넣구, 우체부를 만났단 말여?

빗소리가 가득 든 끝순이 방에서
정자는 고개를 무릎에 묻었다
나 얼릉 가야 혀 끝순아아…….
이 지지배!
시집가고 처음 온 걸음인디, 뚝방부터 먼저 댕겨왔단 말여?
정자는 무릎에 묻은 고갤 끄덕였다
마지막으로 딱 한 번만 그 사람…… 보고 싶었어…….

정자의 가녀린 어깨 위로 커지는 빗소리

끝순이는 정자가 시집가기 전
바로 이 방에서
박꽃처럼 환하게 피워 올리던 밤들을 잠시 떠올렸다

그때
끝순이의 귀는 지난 여름밤 빗소릴 듣고 있었다

⚜

비가 추적추적 긋던 그믐밤
처녀들 셋은 삶은 감자를 먹으며 깔깔거리다가
장지문을 열어젖혔다
방 안에 갇혔던 빗소리가 마당으로 달려 나가
오동나무 이파리에 튕기는 빗소리와 함께 섞여 들었다

오줌 마려운디, 같이 안 갈텨?
정자가 비 긋는 밖을 무심히 쳐다보며 입을 열었다
비 맞구 워찌가아……. 아무도 읎는디 기냥 여그서 혀자-

안방에, 호롱불이 꺼진 걸 확인한 끝순이가 가리킨 토방은
처녀들이 앉은 방 호롱불 빛이 스며

흙바닥을 희미하게 드러내고 누워 있다
여그서 말여? 오호호호ㅡ
정자가 웃음을 터트리다가 어른들이 잠이 든 안방을 의식했는지
입을 가린 채 소곤거렸다
누가 보믄 워떡허게에ㅡ?

검은 치마를 입은 처녀 셋이 고무신을 꿰차고
처마 밑 토방 위로 차례로 섰다
정자, 끝순이, 점례
야, 야……. 오줌이 누가 멀리 나가나 한번 시합해보자ㅡ
정자의 느닷없는 제안에, 두 처녀는 풋풋ㅡ 웃으며
치마를 들어 올리고 속옷을 내리고 앉았다

시이작ㅡ
빗소리는 처녀들의 오줌과 함께 다시 섞여 들고
창호지로 샌 호롱불 빛 속엔
빗줄기가 어둔 허공을 허옇게 긋고 있다

옴메에ㅡ 정자 오줌 좀 부아ㅡ 젤루 멀게 나간다 이ㅡ
걷어올린 치마를 두 손으로 붙잡고 앉은
처녀들의 키들거리는 웃음소리는

호롱불 새는 희미한 마당의 빗소리를 잠시 흔들어놓았다

그 아자씨 말여…….

방으로 돌아온 끝순이가, 정자의 치맛단을 끌어당겨 앉히며 입을 열었다

우체부 말여?

점례도 이마에 묻은 빗방울을 손으로 쓸어 닦다 같이 앉았다

야그 허기 싫여……. 안 물어봐두 될 껄…….

정자는 고개를 돌린 채 말하기 싫은 눈치였지만

끝순이는 기어코, 정자의 다문 입이 열리라고 맘에 둔 소리를 쏟아버린다

그 아자씨랑 연애하능 거 다 알여어,이 지지배－

아녀어어, 연애하능 건 아녀어－

정자는 몸을 돌려 앉으며 눈을 감았다

너 뚝방서 연애하능 거 다 아는디이? 친구끼리 그런 야그도 안 해주냐－?

끝순이는 벼르고 있었던지 정자에게 바싹 다가가, 하던 말끝을 이었다

그 아자씨 장개간 사람인디, 워쩔려 그랴아?

점례도 두 무릎을 세우고 앉아, 정자가 어서 털어놓길 바라는 눈치다

문밖의 빗소리가 잠시 정적 속을 비집고 들어왔을 때
정자가 무릎 속에 얼굴을 묻은 채 중얼거렸다

그 아자씨…… 좋아혀…….

⚜

빨간 자전거가 신작로로 들어서면
정자는 어느새 분 바른 얼굴로
담 모퉁이 느티나무 기둥에 몸 기대어 서서
두근거리는 맘으로 남자를 기다렸었다

석유 파는 털보네 점방 즈음 자전거가 멈춰 섰을 땐
남자의 제복이 햇빛 속에 묘한 빛으로 터져나왔고
정자가 서 있는 느티나무 곁을 지날 땐
주위를 한번 둘러본 남자는
우체부 가방에서 꺼낸 쪽지를 건네주고, 자전거를 몰고 사라지곤

했었다

—3시에 거기서 만나—

처음 남자를 안을 때
뚝방의 봄은 다 핀 후였다
그녀의 흰 뽀뿌링 블라우스에
처음으로 든 풀물은
우물가에 헹궈 여름볕에 여러 번 널어도
물이 빠지지 않은 무늬가 되었다

뚝방을 낀 밭 이랑에 보리가 팰 때도
보리걷이가 끝나 볏잎이 마을 가득 자라고 있을 때도
느티나무 매미소리 시냇물처럼 좔좔— 쏟아질 때도
빨간 자전거는 언제나 뚝방 길섶에 깊이 누운 채
빨갛게 빨갛게 달아오르고 있었다

혼담이 이웃 마을에서 오기 전까진 정자의 뚝방은
새 둥우리처럼
두 사람의 깃털이 어느새 가득 쌓인 곳이 되었다
정자가 시집을 가기 전날

그곳에서 꿩소리처럼 울던 곳이기도 했다

⚜

정자야, 이쟌 그만 잊어야지…….
걸 못 잊구 또 아자씨를 만났냐아—
너두 이젠 서방이 있는디……. 그럼 죄져야—
애헌티까지 죄짓능겨어—

끝순이가 그녀의 둥그런 등을 어루만질 때
젖은 눈의 정자가 고요히 고갤 끄덕였다
그려그려, 마지막으로 봤으니께 잊을 수 있을껴…….

제법 알 굵게 추적거리는 늦봄 비

뽀뿌링 블라우스에 처음 든 풀물은
이젠 정자의 가슴으로 옮겨져 퍼렇게 배었나보다

그녀가 떠나는 마을 길은
뚝방 길까지 진초록이 온통 번지고
처마 밑 토방에 앉아

치마를 걷었던 정자의 웃음소린

마을 끝을 따라

멀리 멀리 떠나고 있었다.

닭을 잡으려다 염소를 죽였다

무료한 밤이었다
달이 훤한 밤
우리들은 부모님이 안 계신 친구 집으로 모였다
청춘이 근질거려서다
그런데 한 놈이 건너 마을 탐스런 닭 얘길 했다
닭 서리?
허기가 생긴 시간이었다

우리는 닭을 훔치기로 했다

달빛이 훤한 마을 길을 넷이서 걸어

드디어 우리는 닭을 만났다
나는 서리하는 데 앞장서지 못했다
언제나 겁이 좀 많은 탓이었다
두 놈이 슬금슬금 기어 달빛 속으로 들어가
닭장 속을 허우적거렸다

쟤들은 푸드덕거리고 꼬꼬― 울어 못 잡겄어―

후퇴하고 온 두 놈은 납작이 엎드려
숨죽인 우리 곁으로 와 속삭였다
오면서 봤는디 말여, 고삐 묶지 않은 염소가 있든디?
우리들의 동공은 아주 커졌다
염소?

그래서 우리는 염소를 훔쳤다

집으로 돌아가는 길
달빛이 읽은 그림자는
우리 넷과 염소 한 마리
저걸 워떻게 죽여?
돌루 쳐야지―!

숲 속 빈터 바위에다 염소를 묶으니, 염소 눈에 달빛이 가득 들었다

한 놈이 어느새 짱돌을 던지자
또 한 놈이 두 개의 돌을 동시에 던졌다
염소가 울었다
에구구구——— 하는디?
또 하나의 돌을 집어든 놈이 뒤로 움찔 물러섰다

계속 혀봐!

나는 돌멩이를 쥐고 있긴 했지만
차마 염소에게 던지질 못했다
탁— 탁— 탁— 탁—
둔탁한 소리가 여러 번 나고
허연 달빛이
깨지는 소리

✣

아궁이 무쇠 솥에 염소가 끓는다

부엌에 쪼그려 앉은 우리들의 깊은 밤만큼, 허기는 깊다
저건 워쪄?
잘린 염소머리와 내장이 부엌 구석에 벌겋게 있다
낼 아침에⋯⋯ 요 앞 밭에다 묻어버려!
친구가 고갤 끄덕이자 우린 벌건 죄를 잊었다

깊은 밤에 우린 염소 고기를 뜯었다

커다란 양푼에 가득한 고기 덩어린
우리들의 비굴함을 또 잊게 했다
청춘과 이상한 반항과, 터지는 욕망과 허기를 한꺼번에 잊게 해주었다
염소 주인이 우릴 찾아내믄 워쪄?
워찌 찾으어-?

양푼의 고기가 거의 비어갈 무렵
우린 포만감 속에서도 걱정을 감추지 못했다

⚜

다음 날

대낮에 우린 인삼 밭에 숨었다
염소 주인이 우릴 찾아서다
멍청한 친구가
밭에다 묻는 걸 잊고
머리와 내장 버리기 아까워, 밭 매는 아주머니에게 준 것 때문이다
이거 드실래믄 드슈우－

우리는 지서로 끌려갔다

놀라서 찾아온 부모님들은
서로 나누어 염소 값을 물기로 했다
그런데 소 값을 지불했다
새끼 밴 염소였다고 주인이 주장하니깐

우리가 묵을 땐 새끼는 읎었쓔우~!

우리는 서로 완강히 새끼가 없었다고 주장했다
그러나, 주인의 손엔 소 값이 쥐어졌다

달이 밝은 밤

우리는 친구 집에 다시 모였다
청춘의 근질거림을 다시 풀기 위해서다
요번엔 소를 훔쳐볼려?
한 눔이 봐둔 소가 있다고 다시 말했다
소 서리?
새끼 밴 건 끌고 오믄 안 뎌어!

모두들 우하하하— 웃는 소리가 창호지 문을 넘고
달빛은 모두 들었다는 듯
봉숭아꽃 핀 마당에 환히 들어와 있다

봉구의 방랑기

저 새끼가 약 묵었네에—
장호는 물이 가득 든 논을
맨발로 첨벙거리며 가로질러 달려갔다
동네 어른들이 몰려드는 봉구네 마당가

아주머니들 사이로
툇마루에 널부러져 축 늘어진 봉구의 사지
눈자위를 허옇게 뒤집은 녀석의 입엔 거품이 부글거렸다
봉구 어머니— 녹두 거, 거, 빨랑 맷돌에다 갈유우—!
아, 워서 워서유우—!

누군가 빠르게 챙겨온 맷돌

주르르 쏟아부은 녹두가 빠르게 갈린다

아이고오ㅡ 읍내 택시는 불렀쓔ㅡ?

얼렁 뱅원 가얀 텐디이ㅡ 클났네에ㅡ 클났네에ㅡ 아이고오ㅡ

물에 휘휘 젓은 급하게 빻은 양재기 속 녹두물은

코를 잡고 억지로 벌린 봉구의 주둥이로 부어졌다

쿨럭쿨럭ㅡ 퍼런 녹두물이 넘쳐 흘렀다

엎어놔유ㅡ 엎어놓고 토해야유우ㅡ!

부들부들 떠는 봉구의 손톱이 박박박박ㅡ 툇마루를 긁는다

더 뭐봐유ㅡ 더 더 뭐유ㅡ

더 토해야유ㅡ 더 토해야 헌대니께유ㅡ!

봉구, 이 자슥이 정말 죽을라고 아주 환장을 했꾸먼ㅡ

장호는 녹두물로 얼룩진 봉구의 볼을 두어 번 착착ㅡ 소리나게 쳤다

야 새꺄ㅡ! 눈깔 좀 떠봐 이짜슥아아ㅡ!

야ㅡ야ㅡ! 정신 좀 채려봐라 이ㅡ?

빙신새끼— 너 죽는갑따!

마당 너머에 택시가 도착했다, 누가 소릴 지른다
장호는 봉구를 들쳐 업었다

봉구가 농약을 먹은 건
소 판 돈 때문이었다
고등학교 3학년 선배와 싸움이 붙은 봉구는
유리창을 깨 선배의 팔을 찔렀다는 이유로 퇴학을 당했다
집에서 건들거리며 노는 게 창피하다 생각된 봉구는
홀어머니가 애써 키워 소를 판
단스 속에 있는 돈 보따릴 훔쳐서 도망을 갔었다

봉구가 돌아온 건, 석 달 만이다

봉구 누이가 부엌에서 밥을 하다가
뒤란 측백나무 아래 쪼그려 앉은 봉구를 발견한 아침
석 달 만에 보는 동생이라 누이는
반가운 마음에 슬그머니 부엌으로 손을 잡고 들어갔다
그러나, 거지꼴로 돌아온 봉구를 나무라는 사람은 아무도 없었다

즈가 염치가 읎어 농약을 먹응겨어…….

택시가 멀리 신작로로 사라질 때, 남아 있는 사람들은 쑤군거렸다

⚜

논둑의 쑥은 쑥쑥 퍼렇게 자라
물이 든 논거울에 제 모습을 비춰보는 봄
망울을 달고 있는 꽃가지의 꽃들은 모두 다 터졌다
난리를 피우던 봉구네 마당귀에 때죽나무는
소란스런 그 시간을 몽땅 다 봤다는 듯
배를 움켜쥐고 마당으로 들어오는 봉구를 보며
희죽희죽희죽희죽
가지마다 흰 꽃을 터트렸다

결국, 읍내 병원으로 실려간 봉구는 위를 자르고 살아서 돌아왔다

이 새끼, 뒈지는 줄 알았는디 살읏네?
눈이 게 뭐여, 눈깔이 흰죽사발여어—

허여멀건한 낯을 바라보며 장호는 껠껠 웃었다

아이고오－

아물지 않은 뱃가죽이 많이 아픈지, 봉구는 엉덩이를 살그머니 툇마루에 걸친다

이눔아! 농약은 왜 머긋냐?

장호의 궂은 질문에 봉구는

답하기에 힘 부친 듯 맥없이 손사래를 친다

친구들이 퇴원 소식을 듣고 하나둘 모여들었다

친구를 보니 반짝 기운이 나는지 봉구는 입을 열었다

야, 느들은 농약 묵지 말그라아－

내가 뱅원에서 정신 깬 다음 생각헌 게 뭐녜믄!

다시는 농약 먹지 말아야긋따－ 요 생각 먼저 혔따!

죽는 게 뭐 그리 쉬운 일인가

봉구가 그나마 죽지 않은 것은, 순전히 양은 그릇 때문이다

소 판 돈을 다 쓰고 돌아온 후

도무지 동네 사람들 보기에 창피하다 느낀 봉구는

툇마루 시렁에 놓인 농약을 먹기로 결심했다

내가 말여, 돼지 구정물 푸는 양은 바가지에다 농약을 붰는디
몇 번 월마나 굳게 각오를 헌지 알여? 눈 질끈 감고 마셨쓰어…….
그라고 가만- 히 눠서 내가 죽는다 생각허니께, 엄청 무섭대애
겁이 덜컥 나. 겨 나와서 뒹군겨어-
그래야 사람들이 볼 거 아녀?
봉구는 수술 그루터기가 당기는지 배를 붙잡고 흐흐 웃었다

친구들이 에잇, 새끼새끼- 주먹으로 쥐어박는 시늉을 할 때
장호가 껴들며 속삭인다

근디 말여, 봉구야아
느는 재수가 정말 좋은 새껴어
돼지 구정물 그릇 말여, 밑창이 다 삭아 구멍 난 거 알읏냐?
농약이 줄줄 다 샌겨어-
마루바닥이 허옇트라, 이눔아-

장호는 키득거리더니 한마디 더 붙인다

그란디 봉구야아
너 소 판 돈은 다 웠다 썼냐?

제5부

부딪치고, 상처 입고, 나뒹굴어지면서

간신히 한 가닥 구원의 빛,

아마 종교가 있고, 그 옆자리에 '문학' 역시 있지 않을까

그 생각을 많이 한 것 같다.

— 「'찍보' 별명의 악동시절」 중

'찍보' 별명의 악동시절

유금호

(소설가 · 목포대 명예교수)

'찍보야, 놀자'

매일 아침 일찍 나가 혼자 커피를 내려 마시는 내 사무실 문패이다.

그럴 듯한 당호를 전각이나 예서로 출입문에 써 붙이고, 점잖게 글을 쓰거나, 책을 뒤지는 주인을 상상한 사람은 우선 당황할 터. 오피스텔 출입문에 '찍보야, 놀자' 이렇게 붙여놓았으니 누가 보아도 선비하고는 어울리지 않지 싶다.

'찍보'는 어렸을 때 별명으로 꼬마 때 하고 싶은 것을 못하거나, 가지고 싶은 것을 못 가지면 기둥모서리고, 뾰쪽한 돌멩이고 머리를 찧어대어 붙었다는 별명인데 그 별명을 선친이 내 아들 녀석에게 발설하신 모양이었다.

학교 정년을 하고, 이 사무실로 매일 나오기로 한 날, 아들 녀석이 아비에 대한 선물로 싸구려 문패 두 개를 마련해 왔다.

하나는 '찍보네 집'이었고, 하나가 '찍보야, 놀자'였는데 '찍보네 집'은 '점쟁이 집'이 될 것 같아, 그냥 '찍보야, 놀자'가 되어버린 것이다.

나는 남쪽 바닷가 과수원 집 아이였다.

마을에서 외따로 떨어져 탱자나무 울타리로 싸였던 그 공간에서 소년은 날이면 날마다 무슨 장난을 할까,를 궁리하며 지냈던 듯싶다.

친구들을 불러와서 솎아낸 복숭아들을 속옷 안에 가득 가져가게 해서 온몸에 두드러기가 생기게 한 일, 과수원 언덕 뚫린 쥐구멍 입구를 마른 고추 섞은 불쏘시개로 막아 연기를 불어넣어 반대편 구멍으로 쥐가 나오게 하는 쥐잡기 놀이, 여름날 가까운 바다의 개펄에서 함께 벌거벗고 뒹굴다가 말미잘에게 친구 고추를 물리게 한 일, 조금 자라서는 가까운 공동묘지의 돌무덤을 헤치고, 우리나라 의학 발전을 위한다고 해골을 꺼내오는 장난까지도 참 많이 했다.

그러면서도 혼자 있는 시간 탱자나무 울타리 사이를 바쁘게 오가는 뱁새며, 굴뚝새 무리에 빠져 새끼 새 기르기에 정성을 쏟기도 했다.

그 무렵 여름철에는 해마다 태풍이 몰려왔고, 그때마다 우리 과수원은 폐허가 되었다. 수확 직전의 배들이 무더기로 땅바닥에 뒹굴고, 나뭇가지와 배 잎사귀들은 처참하게 찢겨 황토 흙탕물에 처박혔다.

그때 본 아버지 이마의 깊은 주름과 몰려가던 구름, 뒤이어 가을바람이 선선해지면서 내년에 피어야 할 배꽃의 허연 개화라니…….
그렇게 태풍은 내년 농사까지 절단 내면서 가을밤, 푸른빛 도는 배꽃을 소년에게 보여주었다.

그리고 한국전쟁이 있었다. 학교 가는 뚝방 길의 시체들 사이에 내가 아는 동네 아저씨가 누워 있었고, 그때 아저씨 입 속 가득 들어있던 구더기 떼와 시체 위를 윙윙대며 날아다니던 파란 금속성 빛깔의 파리 떼들…….

사람 힘으로 어찌할 수 없는 폭력, 혹은 숙명 같은 것을 조금 일찍 어렴풋이 확인했을까.

전쟁과 가까운 사람들과의 사별, 민감하던 젊은 시절, 고향 가까운 곳에 있는 소록도를 방문했다.

지금은 이미 철조망이 걷혔지만 한때는 섬을 가로지른 철조망이 있었고, 철조망 저쪽 편에 나환자들 마을이 있었다.

곳곳에 교회 첨탑이 솟아 있고, 손발 뭉개진 환자 신도들은 거기

꿇어 엎드려 구원을 갈구하고 있었다.

그러나 그들 끊임없는 기도에도 신(神)은 대꾸를 하지 않는 것 같았고, 그들 절망의 부피 역시 엷어지거나 무게가 줄어드는 것 같지 않았다.

늙고, 죽는 거야 그렇다 해도 우리가 무엇을 할 수 있는가. 시시포스까지는 아니라도 사방은 절벽이고, 망망대해. 생명을 지니고 머무는 동안 내 욕망과 의지로 할 수 있는 일이라는 게 무엇인가. 부딪치고, 상처 입고, 나뒹굴어지면서 간신히 한 가닥 구원의 빛, 아마 종교가 있고, 그 옆자리에 '문학' 역시 있지 않을까 그 생각을 많이 한 것 같다.

글을 쓰는 것이야 절대자유의 공간이다.

어떤 꿈을 꾸어도 좋았고, 세상을 파괴할 음모를, 반란을, 시공을 뛰어넘는 환상을 담아도 그것은 쓰는 자의 자유이다.

난을 기르는 것도 그렇다.

사실 젊은 시절, 주변에서 '난을 기른다'고 하면 '노인 취미' 같다고 외면한 일이 많았다.

그런데 20여 년 전, 목포(木浦)로 학교를 옮겨간 후, 캠퍼스를 둘러싼 주변 산들이 한국 춘란(春蘭) 자생지였던 게 탈이었다.

연구실을 나와 뒷산을 오르다가 소나무 아래 지천으로 꽃이 피기 시작한 춘란들을 만났고, 겨울철 눈밭에 파랗게 고개를 들고 있는 녀석들도 자주 보게 되었다.

건방진 젊은 시절 기억도 남아 있어 의도적으로 그 난들을 외면하기도 했다. 그러나 자주 산을 오르다보니 이 녀석들이 내 의식 일부에 조금씩 자리를 차지해 가는 것을 느꼈다.

건강한 녀석들 두어 포기만 연구실 창가에 옮겨 심어두자, 그렇게 몇 포기의 춘란이 내 연구실에서 동거를 시작했다.

학교를 정년하고 서울에 작은 사무실이 생기면서 한가해지자, 학교 뒷산 솔바람 소리와 장끼와 산까치, 방울새들의 울음소리들이 그리움으로 살아나면서 잊은 것으로 알았던 '난'에 대한 기억들이 나를 괴롭혀 왔다.

지금 내 사무실 창가에는 아침 햇볕이 머무는 공간마다 몇 분의 난들이 돌아갈 길 없는 젊은 날의 기억과 함께 있다.

원예적 가치가 있는 난이나 특별히 눈에 들어오는 난은 한 분도 없다. 남쪽 야산 골짜기에 가면 아무 곳에서나 눈에 들어오는 흔하디흔한 난초들.

그러나 그 한 포기 한 포기마다 그날 산에서 들었던 곤줄박이의 울음소리나, 장끼의 푸드덕거리던 날갯소리, 그날 동행했던 동료들의 음성, 그런 것들이 그 난 잎 사이에는 숨어 있다.

지나간 시간에는 원근법이 없다.

몇 해 전, 혹은 몇 달 전, 그런 것들이 두서도 없이 난 잎 사이에서 다시 살아나 나는 커피 향을 맡으며 눈을 감는다.

망막 속에서 '찍보' 별명의 어린 시절도, 가슴 뜨거웠던 젊은 날의 열정도, 잠시 스쳤던 세계 곳곳 오지풍경도 다시 살아나면 나는 커피를 또 다시 내린다.

그러나 어쩌랴, 나 역시 어느 날, 누추해진 육신을 버리고 완전히 자유로운 영혼으로 남는 날, 그 이전에 나는 이 방 안에 있는 내 모든 흔적들, '찍보야, 놀자'의 문패까지도 말끔하게 치워버리겠다는 생각을 한다.

감(柿)과 감나무, 그리고 전설

정 운 현

(언론인)

요즘 아내가 시장 갔다 오는 길에 가끔 사오는 것이 하나 있습니다. 감입니다. 어떤 때는 단감을 사오기도 하고 또 어떤 때는 잘 익은 홍시를 몇 사와서는 요즘 재택근무 하는 제게 간식으로 건네곤 합니다. 홍시는 그 모양새를 보니 마치 종(鐘)을 매단 모양인데요, 제 고향에서는 이런 감을 고동시(?)라고 불렀습니다. 홍시는 이 고동시가 제격이지요. 크기가 제 주먹만 해서 한두 개만 먹어도 배가 불뚝 일어날 지경입니다. 제 고향말로는 잘 익은 홍시의 상태를 일러 '홍창홍창하다'고 했는데 이는 만지기만 해도 껍질이 터져 빠알간 속살이 터져 나올 것 같은 그런 상태를 말합니다. 요즘 집에서 맛보는 홍시가 바로 그런 모양입니다. 설탕이 귀하던 시절, 이런 홍시에 백설기(떡)를 찍어서 먹으면 최고의 별미였죠. 아직도 그 맛을 입에서, 머리에서 다 기억하고 있습니다.

홍시가 고동시라면 단감은 대개 '반시(盤柿)'입니다. 반시라는 이름은 모양새가 마치 쟁반(盤)처럼 밑이 넓고 둥글다고 해서 붙여진 이름 같습니다. 말하자면 단감은 일종의 개량종인 셈인데요, 저는 60년대 후반 대구로 이사 나오기 불과 몇 해 전에 처음 단감 맛을 봤습니다. 그 이전에는 감이라면 홍시 말고는 으레 떫다는 생각을 했는데요, 어느 핸가 아버지께서 어디서 단감을 몇 알을 구해 오셨는데 감이 떫지 않고 단맛이 나는 게 처음엔 도저히 믿기지가 않았습니다. 그 얼마 뒤 아버지께서 단감나무 모종을 구해 오셔서 뒷마당에 심었습니다. 두어 해 지나자 처음으로 감이 몇 알 열려서 겨우 맛을 볼 수 있었는데 대구로 이사를 나오는 바람에 한동안은 단감 맛을 볼 수가 없었습니다. 지금은 단감나무가 많이 보급돼 흔하지만 제가 어릴 적만 해도 단감은 시골 동네에선 사과보다 귀한 과일이었습니다.

'감' 얘기를 하자면 감따기, 곶감과 곶감 꼬챙이로 쓰던 싸리나무 얘기를 빼놓을 수 없습니다. 마을 뒤에 있는 우리 산(일명 '양지까끔')에는 감나무가 여럿 있었습니다. 이 감나무에는 씨알이 작은 곶감용 감이 열렸습니다. 감나무가 크다 보니 감 따는 일도 쉬운 게 아니었습니다. 낮은 가지는 땅에서 작대기로 딸 수 있지만 높은 가지에 달린 감은 감나무에 올라가서 따야만 했습니다. 감을 따다가 더러 감나무 가지를 부러뜨려 더러 혼이 나기도 했었는데 아버지 말씀은 내년에도 감을 많이 열게 하려면 가지를 손상시켜서는 안 된다고 하셨습니다. 딴 감을 집으로 져 나르는 일도 큰일이었는데요, 저랑 아버지께서는 바지게를 지고 수도 없이 많은 걸음을 해야 했습니다. 그렇게 해서 집으로 날라온 감은 다시 동네 아주머니들을 총동원하여 몇 날 며칠을 깎았습니다. 깎은 감은 열 개씩 싸리나무 꼬챙이에 꿰어 천장에 매단 새끼줄에 수평으로 매달아뒀습니다.

예나 지금이나 곶감 꼬챙이는 싸리나무가 제격입니다. 싸리나무는 잘 부러지지 않는데다 줄기가 가지런해 무얼 끼워서 쓰기에는 안성맞춤입니다. 감을 딸 때가 다가오면 아버지께서는 근 열흘 전부터 빈 지게를 지고 뒷산 멀리까지 나가시곤 했습니다. 저녁에 돌아오실 때 보면 제 팔 길이만 한 크기로 싸리나무 줄기를 다듬어서, 마치 회초리도 써도 좋을 듯한 크기의 싸리나무 줄기를 지게에 가득 지고 오시곤 했지요. 요즘은 감을 깎은 후 꼭지에 실을 매달아 건조시키기도 하던데 당시만 해도 싸리나무에 꿰는 방식이 대부분이었습니다. 당시 우리 집에서는 한 해에 보통 곶감을 백 접 정도를 했는데, 거기에 소요되는 싸리나무 줄기는 1천여 개가 넘었습니다.(참고로 곶감 한 접은 곶감 100개를 말합니다. 싸리나무 꼬챙이 하나에 감 10개를 꿰는데 10꼬챙이를 한 '접'이라고 합니다) 싸리나무 꼬챙이에 끼운 '예비곶감'들은 대문 왼편에 있는 두지(곡식창고)에서 그해 한겨울을 났습니다. 언 손으로 곶감 꼬챙이를 나르며 겨울이 어서 빨리 끝나기를 손꼽던 그 코흘리개는 어느새 오십 중반이 되었습니다.

곶감이 창고에서 세월만 가면 저절로 만들어지는 건 아닙니다. 떫은맛을 없애려면 햇볕에 쐬어야 하는데요, 아침이면 두지에서 곶감 꼬챙이를 전부 꺼내 뒷마당 담벼락에 비스듬히 세웠습니다. 한낮 동안 햇볕을 쐰 후 해가 지면 다시 이를 두지로 옮겼습니다. 털모자는 커녕 변변한 장갑도 하나 없던 그 시절, 찬바람을 맞으며 그 차디찬 곶감 꼬챙이를 들고 나르던 일이 어린 저에겐 적잖은 고역이었습니다. 겨울 내내 그런 작업을 반복한 끝에 '떫은 생감'이 비로소 '달콤한 곶감'으로 변신을 하지요. 처음 생감을 깎아 끼울 때는 팔 길이만 한 크기였던 싸리나무 꼬챙이도 감 크기가 줄면서 어느새 절반 크기로 줄어듭니다. 이윽고 이듬해 봄이 되면 어김없이 곶감 중간상들이 우리 집을 찾아와 그 곶감들을 전부 사갔습니다.(그 곶감들은 제삿상에 필수품목으로 오르곤 했죠) 당시 제 위로 형 둘이 서울서 학교를 다니고 있었는데요, 곶감 판 돈은 이듬해 새학기 등록금으로 전부 서울로 보내졌습니다. 아버지로서는 곶감사업이 참으로 요긴한 부업이었던 셈입니다.

감 애기를 하자면 봄철 감꽃 애기, 또 여름철 감 삭혀 먹던 애기도 빼놓을 수도 없군요. 우리 집 마당 우물 옆에는 지붕 높이의 두 배가 넘는 오래된 감나무가 한 그루 있었습니다. 느즈막한 봄이면 달짝지근한 냄새의 사각형 감꽃이 우물 덮개에 그득하게 떨어져 쌓이곤 했습니다. 비단 우리 집에서만이 아니었습니다. 담 너머로 감나무가 가지를 뻗힌 골목길을 갈 때면 감꽃이 발에 밟힐 정도였었죠. 별다른 주전부리가 없던 그 시절, 그 감꽃을 주워 간식 삼아 질겅질겅 씹어 먹었습니다. 또 더러는 실에 꿰어 목걸이처럼 걸고 다니기도 했었죠. 감꽃이 떨어지고 나면 얼마 지나지 않아 그 자리에 어린 계집아이 젖몽오리 같은 작은 감이 맺히기 시작합니다. 그럭저럭 봄이 지나 한여름 뙤약볕과 장대비를 맞으면서 감은 씨알이 굵어지기 시작합니다. 여름방학 무렵이면 제법 감 모양새를 갖추게 되는데 그럴 즈음이면 서서히 먹거리로 등장하기 시작합니다.

여름철, 친구들과 함께 산에 소 풀 뜯기러 가면 무료한 때가 많았습니다. 소 고삐를 풀어 산에 올려놓으면 소들은 무리를 지어 온 산을 다니며 해가 질 때까지 양껏 풀을 뜯어먹습니다. 그러면 그때부터 아이들은 자유시간입니다. 그러나 막상 시간을 때울 '꺼리'가 마땅치 않았습니다. 요즘 같으면 오락기로 오락을 하거나 아니면 핸드폰을 가지고 시간을 보낼 수도 있겠지요. 그러나 그때는 도시, 시골 할 것 없이 아이들이 가지고 놀 장난감이 마땅치 않았습니다.그렇다고 주전부리감이 흔했던 것도 아닙니다. 바로 그때 주전부리 겸해서 먹던 것이 바로 '감'이었습니다. 아직 감이 익기는 이른 계절이니 떫은 '땡감' 그대로였습니다. 그래서 생각해낸 것이 감을 삭히는 것이었습니다. 그렇다고 무슨 도구나 감 삭히는 약품(효소) 같은 게 있었던 것도 아닙니다. 이마저도 자연에서 해결했는데, 그건 바로 다름 아닌 논이었습니다.

여름방학 무렵이면 7월 말부터 8월 중이니 한여름인 셈입니다. 낮으로는 30도를 웃도는 뙤약볕이 기승을 부릴 때입니다. 그러니 논물도 손을 담궈보면 마치 더운 물을 갖다 붓기라도 한 듯 떠끈떠끈한 지경입니다. 아열대 식물인 나락(벼)은 바로 그런 뙤약볕 아래라야만 잘 자라지요. 감을 삭힌다는 것은 일종의 감을 삶는, 즉 익히는 것을 말합니다. 그래야만 떫은맛을 뺄 수가 있습니다. 산에 소를 몰고 풀 뜯기러 가는 도중에 길가의 감나무에 올라가 감 한 무더기를 따서는 떠끈떠끈한 논에 묻어둡니다. 그리고 사나흘 지나서 꺼내보면 어느새 떫은맛이 사라져 먹기에 부담이 없게 됩니다. 그런데 그걸 매일 그렇게 맛보려면 시차를 두고 계속해서 논에 묻어둬야 합니다. 마치 큰 식당에 가면 김칫독에 날짜를 써 붙여뒀다가 순서대로 꺼내 먹듯이 말입니다. 그렇게 며칠을 하다 보면 어느새 여름방학이 지나가곤 했습니다. 요즘은 그렇게 삭힌 감을 보약이라면 몰라도 아무도 먹을 사람이 없을 것입니다.

수 년 전, 고향 선산에 벌초하러 갔다가 동네 뒷산에 올라보니 그 시절 그 많던 감나무들이 모두 베어지고 한 그루도 없었습니다. 감나무를 베어낸 자리에 무슨 다른 나무를 심어서도 아니었습니다. 그 일대의 감나무, 밤나무가 전부 사라지고 말았습니다. 우리 집처럼 동네 사람들 대부분이 너도나도 도회지로 나가면서 동네가 거지반 텅 비게 된 것입니다. 그러니 이제는 감이 열려도 따는 사람이 없고, 밤이 익어 알밤이 떨어져도 줍는 사람이 없다고 했습니다. 그런 상황이 되고 보니 감나무, 밤나무가 고맙기는커녕 되레 거추장스러운 존재가 돼버린 것입니다. 그래서 누군가 급기야 모두 베어버렸다고 합니다. 봄이면 달짝지근한 감꽃이 기다려지게 했고, 여름이면 땡감을 삭혀먹던, 그리고 가을이면 붉은 홍시가 주렁주렁 열리던 그 감나무는 이제 전설이 되고 말았습니다.

전깃불 처음 들어오던 날

윤 창 식

(수필가 · 초당대학 교수)

열두어 살 나던 해 나는 그날도 탱자가 노랗게 익어가는 모퉁이에서 동무들과 딱지치기를 하고 있었다. 오일장에 다녀오시던 아버지는 술이 거나하게 취한 채 동네 어귀를 들어오면서 연신 큰 소리를 내는 것이었다. 나는 평상시하고는 다른 아버지의 거동에 내심 긴장이 되었다. 아버지는 만나는 동네 사람마다 붙들고 연신 손을 내젓기도 하고 고개를 주억거리기도 하면서 무언가 열심히 설명하는 눈치였다. 분명히 나쁜 소리 같지는 않아서 마음이 놓이긴 했으나, 자꾸 그쪽 신경이 쓰여 딱지를 거의 잃어버리고 나서야 아버지가 그토록 의기양양하는 내력을 알게 되었다. 우리 동네에 '전깃불'이 들어온다는 것이었다.

소백산맥 산자락 아래 모시조개 몇 알 엎어놓은 듯 코딱지만 한 동네에 전기가 들어온다니, 어머니는 말할 것도 없고 동네 사람들은 아버지더러 정신 나간 사람이라고들 했다. 하지만 아버지만은 철석같이 믿고 있었고 그럴수록 더욱 동네 사람들한테는 신용을 잃어가고 있었다. 아버지가 딱해 보이기는 나도 마찬가지였다. 그래도 동네 이장 일을 보면서 바깥출입 꽤나 하던 차에 삼거리 면서기로부터 전해 들은 소리를 거의 확신에 차서 이야기하던 아버지도 일이 도대체 아무런 진척도 없이 한 달포가 지나가자 초조해 하는 기색이 역력하였다. 그러는 사이에 바람이 더욱 사나워지는가 싶더니 남도의 끝자락에도 첫눈이 내리고 예의 그 '전기 가설 사건'은 전설 같은 아득한 일이 되어버리고 말았다.

잊어버릴 만하면 한 번씩 "그 전기 껀(件)은 어뜩케 되았는가?"라고 반 농(弄)으로 아버지한테 물어보는, 문자께나 쓰던 당숙 어른만은 '전기'라는 문명의 이기를 막연하게나마 예감하고 있었던 터였으리라. 동치미 국물이 장독대 살얼음 속에서 한겨울을 나고 어둑신한 토담집에서 너구리처럼 살던 시골 마을에 또 한 번 찬란한 슬픔의 봄이 찾아드는가 싶더니, 늙은 팽나무 아래서 동네 사람들의 왁자한 웅성거림이 들렸고, 숨죽이며 그 소문의 진상을 내밀하게 살피던 나는 "참말로 전기가 들어온다"는 혹보 아재 말에 나도 모르게 외마디 소리를 지를 뻔했다. 작년 겨울 소죽 아궁이 불을 지피면서 굴참나무를 탁탁 분지르던 아버지의 마른기침 소리가 들리는 듯했기 때문이었다.

우여곡절 끝에 전봇대와 전깃줄이 가설되기는 했지만 그 이상 일이 진척되지 못하고 또 몇 달이 지나가기를 여러 번, 저녁연기가 무슨 향연이라도 벌이는 듯 초가지붕을 감싸고 흐르던 그해 겨울 어스름 저녁이 되어서야 학수고대하던 전깃불 소식이 전해졌다. 농한기라 다들 할 일도 별로 없어 더러는 자기 집 구들장을 꿰차고 앉아 풍년초 잎담배만 뻑뻑 축내고 있었고, 더러는 사랑방에 모여 앉아 짚으로 삼태기를 엮거나 심심풀이 화투놀이로 시나브로 저녁을 맞이하던 동네 사람들은 바람결에 전깃불 소식을 전해 듣고는 흥분부터 하기 시작했다. "방마다 전깃불을 켜놓고 살면 천당이 따로 있겄는가!" 하면서 너스레를 떠는 측도 있었고, "전깃불 아래서 이(蝨) 잡기도 참말로 좋겄네." 하면서 익살을 부리는 측도 있었다.

저마다 한마디씩 거들며 신이 나 있던 동네 사람들은, 마침내 벙거지 모자를 꺼벙하게 눌러쓴 변전소 직원이 무슨 개선장군이라도 되는 양 낡아빠진 짐발이 자전거를 타고 나타나자 와! 하고 일제히 소리를 지르면서 그이를 에워쌌다. 그 전기 기사는 심드렁하게 사람들을 밀치고 나더니 장기궁짝 같이 생긴 공구(工具) 주머니에서 멍키스패너를 꺼내 변압기 스위치를 탁 쳐올리자 순간 실험용 전구에 불이 들어왔고, 손에 땀을 쥐며 지켜보던 동네 사람들은 너 나 할 것 없이 환호성을 지르면서 각자 자기들 집으로 뛰기 시작했다.

평소 '발발이'로 통하던 우리 옆집 아주머니는 너무 급하게 툇마루를 오르다가 발을 헛디뎠는지 "오메 오메" 소리를 연신 내지르고 있었고, 동작이 굼뜨다고 별명이 붙은 '잠자리 포수'라고 불리던 앞집 노인도 뒷짐을 쥔 채 어정쩡한 다리로 겅정겅정 달려가고, 덩달아 성질 머리가 보통이 아닌, '쌩콩이'(덜 익은 콩)라는 별명을 가진 아저씨네 검둥개도 공연히 짖어대며 텃밭을 싸돌고 있었다. 막 저녁 밥상을 받아놓고 낭보를 접했던 우리 식구들은 숟가락을 냅다 던져놓고 고샅길을 되짚어 달려와 큰방 작은방 할 것 없이, 그리고 부엌과 소가 크는 사랑채 마구간까지 30촉짜리 전구들을 죄다 켜놓고 넋을 놓고 좋아라 하였다. 아버지도 어머니도, 시집가려고 날 잡아놓은 누나도 그 순간만은 날아갈 듯이 황홀해 하였다.

그렇게 동네 사람들은 한바탕 난리 법석을 떨고 난 후 채 가라앉지 않은 흥분을 안고 남의 집 상황을 염탐하려는 묘한 심리들이 발동하여 하나둘씩 팽나무 아래로 모여들기 시작했고, 자기 집에 전깃불이 들어오게 된 정황을, 서로 먼저랄 것도 없이 마치 전쟁이 치르고 난 뒤 무용담을 나누는 병사들처럼 늘어놓으면서 사기충천하였다. 그러나 어쩌랴, 딸 셋을 시집보내고 아들이 없어 혼자 오일장터에서 풀빵을 볶아 겨우 입에 풀칠하는 빵쟁이 할머니네와 쌩콩이네 딱 두 집만 전깃불이 들어오지 않는다는 것이었다. 동네 사람들은 자기 집만 불이 들어온 것에 대해서 조금은 미안함으로 저마다 뜬구름 잡는 이야기만 한마디씩 거들다가 대부분 다시 집으로 돌아가고 밤도 꽤 깊어가는 시간, 빵쟁이 할머니는 "내가 재수가 없는 년이라 그럼 갑네." 하고 체념한 듯 쓸쓸히 골방으로 들어가고, 쌩콩이는 "저놈의 개새끼가 지랄맞게 쏘다니더니만 불이 안 들어와부러." 하면서 공연히 검둥이를 냅다 걷어찼다.

복음과도 같은 소식이 전해진 것은 바로 그때였다. 어렵게 읍내 중학교를 나와 면 소재지 우체국에 다니던 외삼촌이 그날이 우리 마을에 전깃불 들어오는 날이라는 소식을 듣고 구경도 할 겸 누나 집을 찾아왔던 것인데, 전기불이 안 켜지는 집이 있다는 말을 듣고는 대뜸 '두꺼비집'에 문제가 있을 거라고 알려주었던 것이다. 그 말에 쌩콩이는 "봄철도 아닌디, 뭔놈의 두꺼비가 나오까?" 하면서 예의 까칠한 성깔부터 부렸다. 외삼촌이 빵쟁이네 부엌 쪽 기둥에 붙어 있는 하얀 두꺼비집을 탁 치자 불이 번쩍 하며 들어왔고 쓰러질 듯 어두움에 묻혀 있던 초가집이 일순간 환하게 밝혀졌다. 개를 걷어차며 '밝음'을 그토록 고대하던 생콩이 아저씨도 재수 없는 년이라고 자책하던 빵쟁이 할머니도 좋아서 어쩔 줄을 몰랐다.

전설 같은 시공(時空)을 뚫고 빛이 찾아들던 날, 아득한 기억의 저편 한 자락을 차지하고 있는 그날의 감격은, 마치 하늘이 열리는 개벽의 순간처럼 휘황찬란하였다. 전깃불을 끌어오느라 노심초사하시던 아버지도, 빵쟁이 할머니도 이미 천국에 가셨고, 요새는 시골이라도 최신형 가전제품들이 들어와 있지만, 그날의 전깃줄과 두꺼비집은 지금도 그 모습 그대로 그날의 '빛의 환희'를 전해주고 있다.

배추 꼬랭이국

김 학 민

(음식칼럼니스트)

어머니는 늦가을이면 10여 일 전부터 분주하게 김장할 준비를 하셨다.

세상이 얼어붙는 한겨울 동안은 특별히 반찬을 마련하기도 어려운 것이 농촌이고, 7남매에 할아버지까지의 대가족이니 가을걷이만큼이나 김장은 큰 행사일 수밖에 없었다.

김장하는 날이면 동네 어머니들이 우리 집에 모여 무채 썰고 속 버무려 절인 배추 잎 사이에 넣으며 조곤조곤 얘기를 나누는데, 모두들 이야기의 끝은 김장이 반(半) 양식이라는 것이었다.

설 지나 주렁주렁 처마 끝에 달린 고드름이 녹으며 겨울이 가고 봄이 오면 농촌에서는 양식이 떨어진 개똥이네, 쇠똥이네의 슬픈 소식이 떠돈다.

어찌어찌 가을에 갚기로 하고 장리쌀을 얻어 멀건 죽을 쑤어 봄까지 버틴다.

이때 김치라도 숭숭 썰어넣고 수제비 떠넣어 김치죽이나마 끓일 수 있으면 양식 부대자루 줄어드는 속도를 좀 줄일 수 있으니 곧 김장이 확실하게 반(半) 양식인 것이다.

내 태 자리는 경기도 용인군 기흥면 하갈리 181번지.

경부고속도로를 사이에 두고 민속촌 정문과 대칭쯤 되는 지점이다.

나는 이곳에서 태어나 이곳에서 어린 시절을 보냈다.

현재의 민속촌 맨 위 끝 지점에는 방골이라는 동네가 있었는데, 여기에서 발원하여 신갈저수지로 흘러드는 개울이 우리 집 앞에 있었다.

어린 시절 여름이면 동무들과 함께 온종일 발가벗고 헤엄치며 고기 잡던 곳이다.

김장 날 할아버지는 아침 일찍 장작과 절인 배추를 마차에 싣고 개울로 가셨다. 동네 어머니 두엇이 같이 따라가 차디찬 개울물에 정갈하게 배추를 씻는다.

어느 해인가는 물이 꽁꽁 얼어 도끼로 얼음을 깨고 배추를 씻은 적도 있었다.

지금처럼 그 흔한 고무장갑조차 전혀 없었던 그 시절, 할아버지는 갖고 간 장작에 불을 지펴 가끔 어머니들의 시린 손을 쬐게 하셨다. 절인 배추 3백여 포기를 다 씻도록 어린 내가 할 수 있었던 것은 여기저기 개울가에 널려 있는 나무 끄렁이들을 주워 와 불기를 살리는 일이었다.

할아버지가 씻은 배추를 마차에 싣고 다시 집으로 돌아오면 어머니들은, 그새 무채, 파, 마늘, 생강 다져넣고 고춧가루와 새우젓으로 간하여 잘 버무려 놓은 김치 속을 바로 넣기 시작한다.

요즘처럼 통이 큰 배추가 아니라 꼬리가 크게 달린 재래종 배추여서 3백 포기라고 해도 양은 그리 많지 않지만 대신 손이 자주 간다. 속을 넣은 배추는 그때그때 옮겨 뒷마당에 파묻은 항아리에 차곡차곡 포개넣는다.

항시적으로 배고프던 그 시절, 그날 김장하는 날만은 풍요로웠다.

각기 어머니를 따라온 동네 아이들과 제기차기, 자치기로 떠들썩 놀다가 헛헛하여 안마당으로 기웃하면 어머니는 노란 고갱이에 속을 얹어 내민다.

김장 날 무엇보다도 인기가 있었던 것은 배추 꼬랭이였다.

꼬랭이는 경기도 사투리로 꼬리, 꼬랑지와 같은 말이다. 재래종 배추는 통이 크지 않은 대신 그 꼬랭이가 아주 실했다.

배추를 소금에 절이기 전에 시래기와 꼬랭이를 잘라내는데, 잘라낸 꼬랭이는 며칠이 지나면 약간 말라 꼬들꼬들해진다.

이 꼬들꼬들해진 꼬랭이를 칼로 껍질을 벗겨 먹으면 달착지근하고 쫀득하여 맛이 좋았다.

어머니는 노란 배추 고갱이에 꼬랭이를 넣어 가마솥에 된장국을 끓이셨는데, 지금도 달콤하게 폭 익은 배추 꼬랭이와 구수한 그 국물 맛을 잊지 못한다.

허나 이제 다시는 그 맛을 맛보지 못한다.

내 어머니도, 그 시절 동네 어머니들도 모두 이 세상에 안 계시고, 어디를 가나 꼬랭이는 없고 속만 가득한 개량종 배추뿐이다.

고향을 잃고 세파에 떠도는 자, 어디서 그 맛을 찾을 수 있을까.

점심이 끝나면 김장의 큰일들이 대강 마무리된다.

숭덩숭덩 썬 무 조각과 짜시래기 배추를 남은 양념에 버무림으로써 김장은 끝난다. 그리고 그 막김치를 작은 광에 있는 큰 항아리에 꾹꾹 눌러넣는다. 이렇게 담근 막김치가 우리 집에서는 한겨울 동안 계속 밥상에 오르고, 어머니는 이 김치로 저녁마다 김치죽을 끓이셨다.

사실 나는 어릴 적 배추 포기김치에 대한 기억이 별로 남아 있지 않다.

어머니는 너무나 알뜰살뜰한 분이어서, 설 때, 아니면 할아버지의 상, 아버지가 수원에서 오셨을 때나 포기김치를 내오셨다.

김장하던 날 밤, 그 하루 일에 지쳐 잠드신 어머니의 곤한 숨소리에는 한겨울 대가족의 먹을거리를 잘 갈무리했다는 뿌듯함이 서려 있었으리라.

나는 고향에서 초등학교를 마치고 60년대 초 서울로 이사를 왔다.

신경림 시인의 시 「홍은동 산1번지」의 무대가 중학교 때 내가 살던 동네였는데, 주민들은 일거리를 찾아 서울로 서울로 몰려든 전라도 출신이 대부분이었다.

당시 우리 동네는 전기, 수도가 들어오지 않아 호롱불과 우물물에 의존했다. 수백 가구 중에 우리 집에만 우물이 있어 동네 사람들이 모두 이용했는데, 많은 사람들이 이 작은 우물 하나만을 식수원으로 하니 항상 물이 부족했다.

김장 때는 집집마다 우물 앞에서 밤새워 기다렸다가 물이 고이면 퍼갔다. 김장이 끝나면 동네 사람들이 이를 고마워하여 꼭 김치 몇 포기씩을 가져왔다. 그러나 그 김치들은 우리 식구들을 난감하게 했다. 대부분 멸치젓으로 담가 비린내가 심했다.

우리 식구들은 새우젓만으로 담그는 경기도식 김치에 익숙하여 그 누구도 멸치젓 김치에 젓가락이 가지 않았다.

어머니는 그 김치들을 모아두었다가 찌개로 끓이거나 볶아 상에 올리셨다.

그로부터 50여 년, 이제 김치는 전국적으로 멸치젓이 대세가 되었다. 전라도식 멸치젓 김치가 전국을 평정했다고 할 수 있을 정도이다. 나도 그 대세에 따라 전라도식 김치에 익숙해졌고, 이제는 전라도식 멸치젓 김치를 더 좋아한다.

몇 해 전인가, 강화도의 둘레길을 걷다가 둘레길 어느 간이식당에서 경기도식 새우젓 김치를 맛보았다. 아, 그 옛날 어머니의 김치 맛이다. 아, 그 옛날 어머니의 손맛이다.

그날 사각사각한 그 경기도식 김치에서, 문득 내 어릴 적 김장하던 날의 그 떠들썩함과 함께 저세상에 계신 어머니의 얼굴이 떠올랐다. 한없이 포근하고 자애로웠던 그 얼굴.

고물상의 추억

권혁근

(사업가)

1.

골목을 사이에 두고 우리 집과 영국이네는 서로 마주보고 있었다.

강원도 강릉, 옛 일본식 가옥의 형태를 그대로 간직한 영국이네는 마당만 해도 2개고 온전한 다다미방이 대략 7~8개 정도 되는 동네에서 제일 큰 부잣집이었다.

그 집에서 제법 큰 규모의 고물상을 운영했던 영국이 아버지는 동네일에 별로 관여하지 않아 사람들과의 관계는 소원했지만 어쨌든 축적된 부를 통하여 동네 사람들에게 은연중의 위엄어린 풍모로 모두를 주눅 들게 하기에는 충분했다.

허기사 그 무덥던 여름날 부채나 그늘로 모두가 더위를 피할 때 영국이네 만큼은 반짝반짝 팔랑거리며 돌아가는 금빛 왕관 상표도 선명한 금성 선풍기로 더위를 식히곤 했으니 그런 영국이네의 모든 일상사는 시청에서 배급받은 원조 밀가루로 겨우 끼니를 해결하거나 형편이 조금 나은 집에서 얻어온 쌀로 근근이 생활하던 많은 우리 동네 사람들에겐 결코 자신들이 도저히 도달할 수 없는 그저 요지경속 먼 세계의 생활들로만 생각되었다.

'고물상'이란 게 병이나 고무제품 기타 철물류를 수집하는 일이라 영국이네는 별채에 제법 많은 엿장수 일꾼들을 고용하였다. 이들이 인근 마을들을 돌아다니며 수거한 물품들은 엿과 교환하여 제법 많은 고물들을 처리하였는데, 대개가 현금이 아닌 엿으로 교환하는 게 원칙이었으므로 변변한 군것질이 없는 아이들을 위해 어른들은 기꺼이 집안의 이런저런 폐품들을 내놓아 영국이네 고물상 사업은 날로 번창하는 듯 했다.

물론 아이들도 아주 중요한 고객 노릇을 했지만, 세상 소식에 어두운 마을 사람들에게 이 엿장수 아저씨들은 시내 소식과 인근 마을들 소식을 연결해 주는 아주 훌륭한 소식꾼들이었고, 마을의 대소사라든가 하다못해 옆마을 누구누구와 다툼이 있었고 어느 집 집안 내력까지 줄줄 꿰며 훈수까지 둘 적엔 우물가에선 한바탕 난리법석이 났다.

엿판에 실려오는 흐뭇한 엿 냄새와 더불어 소식도 그렇게 한바탕 동네를 휘젓고 다니는 것이다.

무료한 시골 일상에 때때로 울리는 엿장수 가위 소리는 한 마디로 복음과 같은 것이었다.

우리 집은 같은 종씨로 영국이네와는 비교적 가까운 사이였으므로 난 자주 고물상을 들락거릴 수 있었다. 그중 호기심 속에 가장 자주 보고 싶었던 곳이 바로 엿장수 아저씨들이 묵던 별채였다.

별채에 가면 바로 엿을 만드는 것을 볼 수 있었고 잘 하면 금방 만들어진 쫄깃쫄깃한 엿을 한 움큼 얻어 먹을 수도 있었기 때문이었다.

처음 딱딱하게 굳어 들어온 궤짝 속의 재료 엿은 따스한 별채 아랫목 차지가 되어 며칠간 주물럭거릴 정도 숙성(?)이 되면 아주 훌륭한 좌판엿의 재료로 변한다.

어른 종아리만 하게 뜯어낸 물렁한 엿으로 짜장면 가락 뽑듯이 자주 길게 늘이면서 밀가루를 쳐주면, 반복하는 횟수만큼 색깔도 엷은 색으로 변하고 다시 벽에 부착한 홍두깨 모양의 기둥에 턱 걸쳐 길게 늘어뜨리면서 밀가루를 뿌리는 작업을 반복해 주면 엿은 흰가루와 더불어 희멀건한 모습으로 다시 태어난다.

그것에 적당한 재료를 입히고 이런저런 공정을 거쳐 치장을 끝내면 펑퍼짐한 좌판엿이 되기도 하고 가락엿이 되기도 하는 것이다.

이런 모든 작업이 신기하기만 했고 또 그 꿀맛 같은 맛에 난 영국이를 꼬드겨 자주 별채를 찾곤 했다.

엿은 별채 아저씨들이라고 누구나 만들 수 있는 것은 아니었다. 그 중에서 제일 오래 되고 경험 많은 아저씨 중에 두서너 명이 전담하였다. 그건 신참과 고참을 구분 짓는 아주 중요한 요소이기도 하였지만 반죽하고 늘어뜨리고 가루를 입히는 숙련된 작업을 통한 은근한 과시는 그것대로 별채 내부의 엄격한 위계질서이기도 했던 것이다.

매일 간식으로 엿을 먹는, 그것도 아랫목에서 숙성된 그 맛있고 쫀득한 엿을 입에 달고 다녔던 영국이의 이빨이 성하다면 그건 거짓말일 것이다.

내가 처음 시골에서 강릉 이 동네로 이사왔을 때 처음 느낀 영국이에 대한 첫인상은 웃을 때 썩어 다 검게 변해 버린 이빨밖엔 기억이 안 났다. 단것을 무시로 먹던 시절도 아니고, 이빨에 관한 한 별로 걱정할 일이 없던 그땐 그것이 무척이나 궁금했던 것이다.

그때만 해도 치과 치료가 생소한 시대에 어머니를 따라 치과를 밥 먹듯 다녔던 녀석의 투정이 나에겐 무척이나 생경한 모습으로 비춰졌던 게 무리는 아니었다는 말이다.

엿은 영국이에게는 아주 훌륭한 간식거리이기도 했지만 때론 동네 대장이 은근히 요구하는 근사한 '상납품'으로 돌변하기도 했다.

'노암동'이란 동 이름이 있음에도 불구하고 시내에서 조금 떨어졌던 우리 동네와 인근 지역을 사람들은 통칭하여 옛부터 '성덕(成德)'

이란 지명으로 오랫동안 불렀고 우리가 다녔던 초등학교도 지명을 그대로 딴 성덕초등학교였다. 동네에서 우리 집과 영국이 집은 도랑을 사이에 두고 아랫동네와 윗동네를 가르는 딱 경계지역에 있었던 관계로 우린 끊임없이 동네 대장들의 세력다툼에 시달렸다. 그런데 문제는 아랫동네는 우리와 놀 만한 친구가 별로 없었던 반면에 윗동네는 친구들과 좋아하는 형들이 무척 많았다는 사실이다.

그러나 지형적으로 아랫동네로 조금 쳐져 있던 우리들 집은 지형학적인 관계로 큰길로 나간다거나 점방에 심부름가는 외부 통로로 반드시 아랫동네를 통과해야만 했던 것이고 자연히 아랫동네 아이들과 어쩌다 어울리는 경우가 많아질 수밖엔 없어 그것을 꼬아 바치는 윗동네 조무래기들 덕분에 우리는 윗동네 대장으로부터 괘씸죄에 걸려 종종 금족령을 통보 받아야만 했었다.

가끔 아랫동네 상윤이네 할머니가 밥에 쪄주시던 노란 옥수수가루 빵이며 마당에 있던 그 시린 빠알간 석류알 맛에 한때 눈이 좀 멀긴 했어도 아랫동네에 비하면 너무도 재미있고 놀 것이 많은 윗동네를 출입할 수 없다는 것은 감당하기 힘든 너무도 큰 외로움이었고 또 가혹한 통보였다.

내심 대장은 은근히 엿을 뺏어 먹을 궁리를 했는지는 모르나 평소 사근사근하고 더풀더풀한 성격의 영국이는 그럴 때면 부모 몰래 별채 아랫목에서 그 쫀득거리고 맛난 엿을 한 움큼 떼어서 대장에게 갖다 바치면 그 다음날부터 우린 아무렇지도 않게 아래 윗동네를 무시로 드나들면서 골목 생활의 즐거움을 만끽할 수 있었다.

엿과 바꾼 우리들 골목 생활의 평화는 아마도 대장이 엿 맛을 다시 추억할 수 있을 때까지는 상당기간 지속되었던 것 같다.

난 꿀단지 덕분에 덤으로 딸려 대충 화해의 장에 슬며시 발을 올려놓기만 하면 은근슬쩍 넘어가는 요행의 주인공 행세를 아슬아슬하게 지탱해 나가고 있었던 것이다. 참, 꿀단지는 친구 영국이의 별명이다. 엿단지라고도 했다.

2.

우리가 학년이 차츰 올라감과 더불어 그 즈음 시내의 모습도 몰라보게 달라지기 시작했다.

시내 중심가엔 못 보던 휘황찬란한 네온사인 하나가 번쩍거리기 시작했고 노새에 수레를 단 달구지를 주로 운반수단으로 이용하던 모습들이 차츰씩 사라져 가는 것이었다.

우리 뒷집 박씨 아저씨는 그런 달구지로 짐을 부리는 직업을 가지신 분이었다.

주로 강가에서 모래며 자갈을 퍼담아 벽돌이나 기와공장에 실어 날랐지만 가끔은 이삿짐이나 채소 같은 것도 심심찮게 나르는 모습을 볼 수 있었다.

아침에 노새에 수레를 달고 나가면 저녁 어스름에야 골목 어귀에서 딸랑거리는 종소리와 더불어 늘 술에 젖어 들어오는 그의 모습은 곧 우리들 골목 생활의 하루를 마감하는 한 풍경이기도 했다.

언젠가 그의 집에서 고기를 구웠다고 우리 집에 한 접시를 보내준 적이 있었는데 자주 못 먹던 고기라 식구들과 함께 아주 맛있게 먹었었다. 식구들은 알고 있었는지 모르겠으나 나중에 그게 말고기라는 소리를 듣고 난 기겁을 했었다.

물론 그게 노새고기였을 테지 어른들은 그냥 말고기로 통했다.

그러나 지금도 난 그때의 그 달착지근했던 고기 맛의 추억이 여전히 입가에 침 고이는 기억으로 남아 있기는 하다.

박씨 아저씨의 노새 부리는 횟수가 줄어듦과 더불어 골목에도 딸랑거리는 노새 방울소리가 점점 줄어들던 어느 해, 겨울을 앞두고 불현듯 그의 집은 바닷가 근처로 이사를 가버리고 말았다.

휘황한 네온사인과 박씨 아저씨의 퇴장…… 영국이네 고물상에도 그 즈음엔 이상한 기운이 감돌기 시작했다.

고물상 별채에 머물던 엿장수 아저씨들의 수가 급격히 줄어들기 시작했고, 그 오지랖 넓던 강씨 아저씨와 몇몇 오래된 아저씨들의 모습이 더 이상 보이지 않기 시작했던 것이었다.

당연히 엿을 만드는 횟수도 줄어들었지만 가끔씩 가본 별채의 분위기는 무언가 이전과는 분명히 다른 알 수 없는 침묵과 괴이한 흐름 속에 별채는 더 이상 내가 알고 있는 호기심과 즐거움의 영역이 아니란 걸 어린 마음에도 쉽게 알아챌 수 있을 정도로 별채는 냉랭한 분위기에 휩싸여 가고 있었다.

어느 날은 두어 명의 군인들이 무언가 잔뜩 들고 와서 영국이 아버지와 뒷방에서 소곤거리는 모습을 보았고 우린 장난을 치다가 무심코 들여다 본 마루에 널려진 물건을 보고 소스라치게 놀란 적도 있었다.

탄창 안에 가득 쌓여 있는 금빛으로 반짝반짝 빛나던 그 굵은 총알들……

점차 고물상의 퇴락과 더불어 영국이 아버지는 그때부터 아주 은밀한 거래를 시작한 것이었다.

총알의 탄피는 그 당시만 해도 고물상에서는 아주 훌륭하고 값나가는 재료였으니까.

그 후 영국이네 고물상은 점차 몰락의 길로 접어들기 시작했고 어려움을 견디지 못한 영국이네는 이사를 하여 우리 동네에서 훨씬 떨어진 강변 미루나무가 무성한 외진 곳에 집을 짓고 다시 고물상을 하기 시작했지만 이미 늙고 병든 몸의 영국이 아버지의 고물상은 이 전에 비할 바가 아닌 그저 동네 아이들이 들고 오는 고물에 몇 푼의 돈을 의지하는 초라한 모습으로 점점 변해 가고 있었다.

그제서야 동네 사람들은 한동안 꽤 오래 금기시하며 영국이네 생활에 애써 태연한 척하던 모습들을 떨쳐내고 그동안 곁에서 보고 듣고 한 이야기들을 거침없이 쏟아 내기 시작했다.

영국이네 음식 쓰레기통엔 멀쩡한 밥과 음식이 매일 버려져 있었다는 둥. 영국이 어머니의 살림살이가 헤펐다는 둥…… 몰락에 대한 안타까움과 평소 동네 사람들과 살갑게 지내지 않은 영국이네에 대한 섭섭함이 어울려 아주 오랫동안 영국이네는 동네 사람들의 입방아에 오르내렸다.

내 기억에도 영국이 어머니는 늘 단정한 치마저고리에, 사람들을 많이 부리는 관계로 부엌이나 살림살이에 앞서 나서거나 또 그런 장소나 일에 모습을 보이는 경우를 본 기억은 별로 없었다.

그 후 영국이와는 초등학교를 같이 졸업하고 각기 다른 중학으로 진학했지만 자주 볼 수 있는 사이가 아니어서 가끔씩 소식을 듣는 처지가 되었고, 그곳에서 다시 이사를 하여 고물상을 접은 채 먼 아랫골 동네 어느 곳으로 이사를 했으며, 그가 중학교 2학년을 자퇴했다는 것과 아버지가 돌아가셨다는 소식을 먼발치서나마 들을 수 있었다.

시간이 지나 내가 중 · 고등학교 시절에도 우연히 시내에서 일 년에 두어 번 만날 기회가 있었지만 이미 그는 옛날의 모습은 더 이상 아니었다.

용접 일을 배웠다는 것과 시내 온 철공소를 휘젓고 다니며 또래 아이들을 위협하는 불량기가 철철 넘쳐흐르는 시내에서도 알아주는 청소년으로 변해 있었던 것이다.

그동안의 서먹함과 급격하게 변한 그의 모습을 보면서 난 그와의 소중한 인연을 잠시 접지 않을 수 없었다.

언젠가 아랫골 동네 어디쯤에서 한번 뵈었던 영국이 어머니가 허름한 몸빼바지에 영국이 여동생이 밀어주는 리어카를 힘겹게 끌고 이 집 저 집 돼지 사료용 잔반통을 실어 나르는 모습에 난 가슴이 막막해져 옴을 느꼈고 그동안 영국이네의 그 신산스런 삶이 어떠했으리란 것을 미뤄 쉽게 짐작할 수 있을 정도로 영국이 어머니의 희미한 웃음 뒤엔 고단함이 짙게 묻어 나왔다.

갖가지 비루한 삶을 영위하며 모두가 살이의 어려움을 뼈아프게 느끼던 시절이긴 했지만 그 부잣집 영국이네의 그토록 빠른 몰락에 뒤 이은 생활의 변화는 어린 나도 이해하기 힘들 정도로 받아들이기 어려운 현실의 한 모습으로 한동안 오래 남아 있었다.

그 후 난 객지로 나와 있었던 관계로 꽤 오랫동안 그와의 소식은 끊겼다. 오래 전 쯤에야 간간히 동창들을 통해 이런저런 소식을 들으며 그가 고향을 떠나지 않았다는 사실만은 분명히 알 수 있었고 그리고 몇 해 전 겨울, 초등학교 졸업 기념식에서 우린 비로소 오랫만에 서로의 얼굴을 제대로 볼 기회를 가질 수 있었다.

그 까무잡잡한 얼굴과 이빨……

대개의 중년이 풍길 법한 넉넉한 풍모와는 거리가 멀게 그에게 여전히 삶은 곤고한 상태임을 쉬이 알 수 있을 정도로 그는 아직도 많이 피로해 있었다. 사십이 넘어 겨우 늦은 결혼을 했다는 것과 이젠 돌아가신 어머니 소식, 여동생 소식 등. 그리고 나와 그와의 유년기의 질박한 추억들을 잠깐 회고했지만 그 외 더 이상 딱히 할 말이 없을 정도로 우리 사이엔 어색한 침묵이 한동안 깊이 흘렀다.

고물상 영국이네와 성덕의 추억, 그리고 나와 그와의 건너뛴 오랜 세월.

강릉 바닷가 어느 술집 창가엔 겨울바람에 나무는 산발한 모습으로 윙윙거리고, 멀리 밤바다는 자꾸만 굽은 어깨를 들썩이며 흰 거품만 가득가득 쏟아 내며 뒤척이고 있었다.